柴田元幸翻訳叢書

アメリカン・マスターピース
古典篇

AMERICAN MASTERPIECES
CLASSICS

Selected and translated by
Shibata Motoyuki

スイッチ・パブリッシング

柴田元幸翻訳叢書 ― American Masterpieces: Classics ― 目次

目次

Cover art, *The Lighthouse at Two Lights* by Edward Hopper, 1929
所蔵元：The Metropolitan Museum of Art, New York, USA
写真提供：The Bridgeman Art Library/AFLO

ブックデザイン　鳩貝工作室

AMERICAN MASTERPIECES CLASSICS

Selected and translated by
Shibata Motoyuki

柴田元幸翻訳叢書

アメリカン・マスターピース
古典篇

ウェイクフィールド
Wakefield
（1835）

ナサニエル・ホーソーン
Nathaniel Hawthorne

何かの古い雑誌か新聞で、ある男の物語が実話として語られていたのを筆者は記憶している。それは妻の前から長いあいだ姿を消していた男——かりにウェイクフィールドと呼んでおこう——の話であった。かように抽象的に言ってしまうと、さほど異様な話には思えまいし、また、事情をきちんと具体的に述べぬかぎり、人の道にもとるとか、笑止千万とかいった非難も当たるまい。しかしながらこれは、夫婦間の義務不履行の例として、記録上最も悪質というには程遠くとも、おそらく最も奇妙な例であろう。さらに言えば、人間の奇行を列挙した一覧表に目を通しても、これほど酔狂な行為はそうざらにあるまい。この夫婦はロンドンに住んでいた。夫は旅行に出ると偽って、自宅の隣の通りに間借りし、妻にも友人にも知られることなく、たこうした自己追放の理由などこれっぽちもなしに、二十年以上の年月をそこで過ごしたのである。その間《かん》、男は毎日己の家を目にし、ウェイクフィールド夫人のよるべない姿を頻繁に見かけもした。そして、結婚生活の至福にかくも長き空白をはさんだ挙げ句に、彼の死が確定したものと見なされ、財産も整理されて、その名も記憶の外に追いやられ、妻ももうずっと前に人生の秋の寡婦《やもめ》暮らしを受け容れていたところへ、ある夕暮れどき、あたかも一日出かけていただけという風情で、男は静かに自宅玄関の敷居をまたぎ、終生愛情深い夫となった。

筆者の記憶しているのはこうした概要のみである。だがこれは、たしかにこの上なく異例な出来事であり、他《た》に類を見ず、おそらくは二度とくり返されぬであろうとはいえ、人間誰しもが持つ共感力に訴えるところがあると筆者は信じるものである。人はみな、自分はそんな狂気に走らぬとわかっていても、誰か他人がそうしても不思議はないと感じるのである。少なくとも筆者は、たびたびこの出来事を思い起こしては改めて謎めいた思いに駆られるものの、この話が真実であるにちがいないという感慨を抱かずにいられないし、その主人公の人となりに関してそれなりのイメージを築いてもきた。いかなる事柄であれ、かくも強く心に作用するとなれば、それについてとくと考えてみることは、およそ無益ではあるまい。読者諸氏も、お望みなら自ら熟考してみられるとよい。あるいは、筆者とともに二十年にわたるウェイクフィールドの奇行をたどる方がよろしければ、それも歓迎しよう。全体を貫く何らかの精神、某《なにがし》かの教訓、私たちはかならずしもそれを見出せぬかもしれぬが、そうしたものが綺麗にまとめられ、最終的な結論に凝縮されることを期待しようではないか。思考にはつねにそれなりの効力があり、心に残る出来事にはすべて教訓があるものだ。

ウェイクフィールドとはいかなるたぐいの人物であったか？　我々は自分なりの考えを思うさま展開し、それに彼の名を付して構わぬであろう。彼は当時、人生の盛りにあった。妻に対する情愛は、決して激しくはないものの、穏やかな、習慣的な気持ちに行きついていた。世の夫のなかでも、これほど貞節な夫もそうざらにいなかったであろう。というのも、ある種の怠惰のせいで、彼の心は、どこに据えられるにせよつねに休止状態にあったからである。知性は有しているものの、それを積極的に働かせはしない。彼の精神は、長くとりとめのない、何の成果にも達さぬ、もしくは成果に達するだけの活力を持たぬ黙想に浸るのが常であった。その思考が、しかと言葉を捕らえるだけの覇気を持つことはめったになかった。想像力は、言葉本来の意味でのそれは、ウェイクフィールドの才能のいかなる成分ともなっていなかった。冷たいとはいえ堕落してはおらず道を外れてもいない心と、奔放な思考に熱を上げもせず独創に惑わされもしない頭の持ち主たる我らが友が、奇怪な行為の実行者たちのなかでも最高の部類に属する地位を占める資格を得ようなどと、誰に予想しえたであろう？　もし彼の友人たちが、ロンドンに住む人々のうち、翌日に皆が記憶しているようなことを最も為しそうもない者は誰かと問われたら、ウェイクフィールドに思いをいたしたであろう。唯一、彼の愛妻ばかりは、そう断じるのに躊躇《ちゅうちょ》したかもしれぬ。夫の性格をはっきり分析はせずとも、そのまどろんだ精神に染み込んだ密《ひそ》かな利己心に、妻はいくらかなりとも勘づいていた。さらには、彼の特質のなかで最も不穏な要素と言ってよい何とも風変わりなたぐいの虚栄心、また、ごくささいな、明かしたところで大して意味のない秘密を抱え込む程度の結果しか産まぬ、何かにつけて術策を弄《ろう》したがる狡猾《こうかつ》さ、そして最後に、時おりこの善良なる男が示す、ちょっと変な感じ、と彼女自身呼んだものにも妻は薄々気がついていたのである。この一番最後の特質については、はっきり定義するのはもとより不可能であるし、もしかしたら存在すらしないかもしれぬ。

行ってくるよ、とウェイクフィールドが妻に告げている姿を想像してみよう。時は十月のある日の夕べ。くすんだ茶の外套、オイルクロス素材の帽子に長靴という身支度、片手には傘、もう片方には小さな旅行鞄を携《たずさ》えている。夜行の乗合に乗って地方へ行く、といましがた妻に告げたところである。夫人としては、旅行の距離、目的、そしておおよそいつごろ帰りそうかを訊きたいところであるが、謎を持ちたがる夫の無害な性癖に合わせてやり、問うような視線を投げかけるにとどめる。夫はそれに応えて、帰りの馬車ではまず戻らぬであろうし、三日か四日出ていても心配には及ばぬが、遅くとも金曜の夕食には帰るものと思ってよいと伝える。我々としては、ここでウェイクフィールド自身、今後に何が控えているか少しも自覚していないと考えたい。夫が手を差し出すと、妻も自らの手を差し出し、十年連れ添った夫婦らしくごく型通りに別れの接吻を受ける。こうして中年男ウェイクフィールド氏は出かけていく。その胸のうちでは、まる一週間留守にして善き妻をおろおろさせてやろう、とほぼ腹を決めている。夫が玄関の扉を閉めて立ち去ったのち、妻がふと見ると扉はわずかに開いており、そのすきまから夫の、こちらに笑みを向けた顔が見えるが、次の瞬間もうそれは消えてしまう。このささいな一瞬は、ひとまずは一顧だにされず忘れ去られる。けれども、ずっとあと、妻であった年月より未亡人であった年月の方が長くなってから、その笑みは夫人の胸によみがえり、夫の表情を彼女が思い起こすたびに彼の顔をよぎっていくことになる。くり返し思いを巡らすなかで、妻はその元来の笑みに無数の夢想を付与していき、結果その笑みは奇妙な、おぞましい様相を帯びていく。たとえば、棺《ひつぎ》に入ったウェイクフィールドの姿を妻が思い描くとき、その青白い顔には別れ際のあの表情が貼りついているし、天国にいる彼を夢想しても、天に在るその霊もやはり密やかで狡猾な笑みを浮かべている。とはいえ、その笑みがあるからこそ、ほかの者たちがみな彼を死んだものと見るに至っても、彼女だけは時おり、自分は本当に未亡人なのだろうかと疑わずにおれないのである。

だが我々の任は、夫を追うことである。道を行く彼に急ぎ足でついて行かねばならぬ。ひとたび彼が、ロンドンの大いなる雑踏に呑まれ、もはや個でなくなってしまったら、探したところで空しいであろう。ここは彼にぴったり寄り添って尾行するに若《し》くはない。何度か余計に角を曲がったり、引き返したりした末に、私たちは彼が、あらかじめ確保してあった小さな下宿屋の暖炉の前に心地よく収まっている姿を見出す。ウェイクフィールドは自宅の隣の通りにいるのであり、ここが旅の終着点なのである。彼は自分の幸運がほとんど信じられない。誰にも気づかれずここまで来られたとは――一度など、人混みに足止めを喰って、火のついた角燈《ランタン》に煌々《こうこう》と照らし出されもしたというのに。それにまた、周囲の群衆の足並みとははっきり違った、彼の歩みに合わせたかのような足音がすぐ背後で聞こえた気もした。かと思えば、遠くで叫ぶ声がして、彼の名前を呼んでいるように思われた。明らかに、お節介な連中が十人ばかり見張っていて、一切合財《いっさいがっさい》を妻に伝えたにちがいない。哀れなウェイクフィールド！　君は知らない、この広い世間で己がどれほど取るに足らぬ身かを！　君を追ってきたのは唯一、この私の目のみ。大人しく寝床に就くがよい、愚かな男よ。そして明日、賢明たらんと欲するなら、夫人の待つ家に帰って、何もかも白状するがよい。彼女の貞操なる胸に君が占めている場から、たとえ一週間といえども離れてはならぬ。もしも彼女が、かりに一瞬であれ、君を死んだものと、または行方知れずになったものと、あるいはとにかく永遠に彼女から隔てられたものと見るようになってしまえば、忠順なる妻が取り返しようもなく変わってしまったことを君は思い知るであろう。人の愛情に亀裂を生じさせるのは危険である。それが大きく、幅広く開いてしまうからではなく、あっという間にふたたび閉じてしまうがゆえに！

　己の悪ふざけ——あるいはほかにどう呼ぶにせよ——をほとんど悔やむ気持ちで、ウェイクフィールドは間もなく寝床に入るが、やがてその初めてのうたた寝からはっと目を覚まし、慣れぬ寝床の寂しく荒漠たる広がりの上に両腕を広げる。「ああ、もう一晩たりとも独りで眠りはしまい」と彼は、夜具を身に引き寄せながら思う。

　朝になると、ふだんより早く目を覚まし、これから本当に自分がどうするつもりなのか、じっくり検討にかかる。何しろいつもは、大まかな、とりとめのない考え方しかせぬものだから、今回のきわめて特異な行動に出るにあたっても、いちおう目的意識のようなものはあったとはいえ、自らそれについて熟考しうるほどはっきり言葉にしてはいない。計画全体の曖昧模糊《あいまいもこ》ぶり、そしてそれを実行に移す際の発作的な唐突さ、それらはいずれも意志脆弱《ぜいじゃく》な人間にありがちなものにほかならない。それでもウェイクフィールドは、彼なりに精一杯己の思念を穿鑿《せんさく》した結果、自宅での事態の進展に対して自分が好奇心を抱いていることを悟る。妻の鑑《かがみ》とも言うべき彼の伴侶が、一週間の寡婦状態をどのように耐えるか。また、束の間こうも思う——自分がひとつの中心的存在であったところの、何人かの人物と一定の状況から成るささやかな領域が、自分が抜けたことでどのような変化を被《こうむ》るか。すなわち、この一件の根底には、ある病的な虚栄心が介在しているのである。だが、どうやってその好奇心を満たしえよう？　何はともあれ、この心地よい下宿にこもっていては達成できぬことは間違いない。自宅の隣の通りで寝起きしているとはいえ、ここにいる限り、一晩中つむじ風のごとく走りつづけた乗合馬車に遠くの地へ連れ去られたのと、隔たりにおいて変わりはしない。といって、のこのこふたたび姿を見せてしまえば、計画全体がおじゃんになってしまう。このジレンマに、哀れウェイクフィールドの脳は迷いきってしまい、結局彼は表に出ていく。とにかく四つ角を向こうへ渡って、見捨てられた我が家を一目見てみようとなかば決断したのである。習慣に手を引かれて――ウェイクフィールドは習慣の人間である――微塵《みじん》も自覚せぬまま己の家の玄関まで導かれていき、最後の最後の瞬間、自分の足が階段を軋《きし》ませる音に彼ははっと我に返る。ウェイクフィールド！　君はどこへ行こうというのか？

その瞬間、彼の運命は転換点に立っていた。そのあとずさりの最初の一歩が彼をいかなる運命に引き渡さんとしているかも知らずに、これまで感じたことのない動揺に息を切らしつつウェイクフィールドはそそくさと立ち去り、四つ角まで来てもうしろをふり返ろうとすらしない。誰にも見られなかった、などということがあり得ようか？　家じゅうの者が――善良なるウェイクフィールド夫人、機転の利く小間使い、薄汚い使い走りの小僧が――逃亡したご主人を追ってロンドンの街じゅうで騒ぎ立てぬだろうか？　逃げおおせたのは奇跡というほかない！

ウェイクフィールドは勇気を奮い起こし、立ちどまって自宅の方を見やるが、見慣れた建物がどこか変わってしまったような気がして、いささか面喰らってしまう。かつて親しんでいた丘や湖、あるいは芸術作品に何か月ぶり、何年ぶりかに再会した際に誰もが覚えるあの感覚に、彼もまた襲われるのである。通常の場合、こうした曰《いわ》く言いがたい想いは、こちらの不完全な記憶と、目の前の現実との比較対照から生じる。ウェイクフィールドにあっては、たった一晩の魔法が同様の変容を引き起こした。というのもその短い時間に、大きな精神的変化が遂げられたからにほかならぬ。だがそれは彼自身もあずかり知らぬ秘密である。その場を立ち去る前、ウェイクフィールドは彼方に妻の小さな姿を束の間目にする。通りに面した窓の前を、顔を四つ角の方に向けて、妻は斜めに横切ってゆく。狡猾なる愚か者はあわてて逃げ出す、道を行く数多《あまた》の、塵芥《ちりあくた》のごとき人間たちのなかから妻の目が自分の姿を認めたものと怯えて。下宿の暖炉の炎の前に行きついた彼は、頭はいささかくらくらしているものの、心は真に安堵している。

長い奇行の出だしについてはこれぐらいにしておこう。当初の着想が生まれ、この男の怠惰な気性がそれなりに揺り動かされてその着想を実行に移したあとは、すべてが自然な流れに沿って進んでゆく。熟考の末に、ウェイクフィールドが新しい、赤みがかった鬘《かつら》を購入する姿を我々は思い描いてよかろう。猶太《ユダヤ》人の売る古着の袋から、いつも着ている茶の上下とは型も違う衣類をあれこれ選びもした。事は為された。ウェイクフィールドはいまや別人である。新たな体系が確立されたいま、古い体系に回帰するのは、かくも比類なき位置に彼を据えるに至った手順をもう一度踏むのと同じくらい困難であろう。さらにまた、ウェイクフィールドはいま、彼の気質にあっては時おり生じる拗《す》ねたような気分のせいで、いささか依怙地《いこじ》になってもいる。今回それは、ウェイクフィールド夫人の胸に思ったほどの動揺が生じておらぬという印象によって引き起こされている。彼としては、妻が死ぬほど心配するまで帰るつもりはない。たしかに、これまで二度か三度妻が彼の視界を過《よぎ》ったなか、足取りはだんだん重くなり、頬もますます血の気が引いているし、眉間《みけん》に浮かぶ心労もいっそう際立ってきてはいる。彼が行方をくらまして三週間目には、災いの兆しが薬屋という姿を帯びて家に入っていくのが見えた。翌日、病人の安静を乱さぬよう玄関のノッカーに布が巻かれる。日も暮れるころ、医者の馬車が来訪し、大きな鬘をつけた厳めしい積荷をウェイクフィールド家の玄関前に降ろし、十五分の診療ののちにその荷がふたたび玄関から、あたかも葬式の先触れのごとくに出てくる。愛しい妻よ！ 彼女はもう助からぬのか？ このころには、さすがのウェイクフィールドも興奮と呼び得るほどに心を揺さぶられているが、それでもなお、かような重大事にあって妻を徒《いたずら》に刺激してはならぬと己の良心に言い聞かせ、依然ぐずぐずと、妻の枕元には赴かずにいる。自分を引き止めているものがほかにあるとしても、本人は自覚していない。何週間かが過ぎるなかで、妻は徐々に回復を遂げる。危機は脱した。彼女の心は、おそらく悲しくはあれ穏やかである。夫が早晩帰ろうとも、その心はもはや二度と、彼を想って熱くなりはしまい。ウェイクフィールドの心の靄《もや》のなかをそのような思念がちらつきはするし、それによって、ほとんど越え得ぬ溝がこの下宿屋とかつての我が家とを隔てていることが漠然と意識されもする。「すぐ隣の通りではないか！」と彼は時おり口にする。愚か者！　いまやあそこは別世界なのだ。これまで彼は、帰宅を一日、また一日と延ばしてきたが、この後はもう、いつ帰るかを明確に定めすらしない。明日ではない――たぶん来週――もうすぐ。哀れな男よ！　自らを追放したウェイクフィールドが家に帰れる見込みたるや、死者が現世の家を再訪しうる見込みとさして変わりはしない。

ああ、ほんの十数ページの小文などではなく、フォリオ判一冊の紙幅があれば！　もしあったなら、我々人間には制御しえぬ影響力が、いかに我々の為すあらゆる行為をその手で厳然と摑み、行為の結果を、必然という名の鉄の織物に織り上げてしまうか、余すところなく描き出すものを！　ウェイクフィールドは魔法に縛られている。十年かそこらのあいだ、我々は彼が己の家の近所を、一度たりともその敷居をまたぐことなく日々うろつくに任せねばならぬ。その間、妻の心から彼は徐々に消え去りつつあるものの、彼の方は妻を裏切ることもなく、その心が抱き得る限りの情愛はすべて妻に向けている。また、もうとっくの昔に、自分の行ないが特異であるという意識も失せてしまったことも述べておかねばならぬ。

さて、ここでひとつの場面が生じる！　ロンドンのとある街路の雑踏のなか、初老に達しつつある一人の男の姿を我々は認める。ぼんやり眺める者の目を惹くようなところは何もないが、全体の雰囲気に何となく、眼力《がんりき》ある者が見るなら、尋常ならざる運命の筆跡が見てとれるはず。

体は痩せて、低く狭い額には深い皺《しわ》が刻まれている。光を欠いた小さな目は、時おり不安げにあたりをうろうろと窺《うかが》ったりもするが、むしろ胸の内を向いているように見えることの方が多い。男はうつむいて、どことなく歪んだ、世間に正面切って面《おもて》をさらしたがらぬかのような足取りで歩く。そうした様子が見えてくるまで、じっくり男に目を注いでいただきたい。そうすれば、環境という、自然が創ったごく平凡な作品を非凡なる人物に仕立て上げる力がここでも働いて、まさに一個の非凡な人間を創り上げたことが感知されよう。次に、こそこそと歩道を行く男からひとまず目を離し、反対の方角に視線を移していただきたい。恰幅のよい、人生の盛りもとうに過ぎた女性が、祈禱書を手にあちらの教会へ向かっている。長年の寡婦暮らしが染みついた人物の穏やかな物腰からは、我が身を嘆く想いはもはや消え失せたか、あるいは、いまや喜びと取り替える気にもならぬほど欠くべからざる心の要素と化している。痩身の男と、健《すこ》やかな女性とがまさにすれ違うそのとき、人波の流れがわずかに滞《とどこお》って、これら二人の人物がじかに接触する。二人の手が触れあい、人波に押されて女性の胸が男性の肩に当たる。二人はしばし歩みを止めて面と向きあい、たがいの目を凝視する。十年の別離の末に、こうしてウェイクフィールドは妻と再会を果たす！

人の波が退《ひ》いていき、二人は別々の方向に引き離されてゆく。落着いた物腰の未亡人は、元の歩調に戻って教会に赴くが、入口でしばし立ち止まって、戸惑いのまなざしを街路の方へ向ける。だがやがて、祈禱書を開きながら中へ入ってゆく。一方男はいかに！　そのあまりに狂おしい顔つきに、己のことしか頭にないせわしないロンドンの人々すら思わず立ち止まってそのうしろ姿を目で追うのをよそに、男は下宿屋へ飛んで帰り、ドアに閂《かんぬき》をかけ、ベッドに身を投げ出す。長年眠っていた感情が一気に迸《ほとばし》り出る。それに力を得て、脆弱な精神もしばし活気づく。己の人生の悲惨なる奇怪さが、一瞬にしてその全貌を彼の眼前にさらす。彼は激して叫ぶ、「ウェイクフィールド！　ウェイクフィールド！　お前は狂っている！」

あるいはそうかもしれぬ。我が身が置かれた状況があまりに特異であったため、それを鋳型《いがた》として彼という人物の形に変化が加えられていった結果、世の人々や世間の営みに関して見た場合、彼が常軌を逸していたという言い方もできるにちがいない。自ら謀《はか》って、いやむしろたまたま己を世間から切り離し、蒸発して、生者たちのなかでの己の居場所と権利を放棄したものの、さりとて死者の仲間入りを許されたわけでもない。隠者の暮らしとて、彼の暮らしに似ているとは言えぬ。以前と同様、都市の喧騒の只中にいるにもかかわらず、群衆はそのかたわらを過ぎてゆき彼の姿が目に入りはしない。言ってみれば彼は、つねに妻のそば、自宅の暖炉のそばに在りながら、暖炉の暖かさも妻の愛情も決して享受できぬ身である。人として人に共感する力は生来通り保持し、浮世の事どもに依然関与する立場を保ってはいても、自分の方からは他人に影響を及ぼす力を失った――それがウェイクフィールドの比類なき運命であった。かような状況が、彼の心、そして知のそれぞれに、さらには両者全体に及ぼした影響をたどってみるなら、さぞかし興味深い考察が為されることだろう。とはいえ、かくも変わってしまったというのに、本人はめったにそれを自覚せず、相も変わらず己を同じ人間と見ている。たしかに、束の間真実が垣間見える瞬間が訪れはする、だがそれも一瞬にすぎぬ。そして彼はなおも「じきに帰ろう！」と言いつづけるのである、もう二十年ずっとそう言ってきたことにも気づかずに。

そしてまた、この二十年間をもしあとからふり返るなら、当初ウェイクフィールドが留守にする期間として設定した一週間という時間とさして違わぬ長さにしか思えぬであろうと筆者は考える。この一件をウェイクフィールドが顧みても、己の人生の主たる営みの合い間にはさまった、ひとつの幕間《まくあい》ぐらいにしか思えまい。もうしばらくして、そろそろ潮時だと決めて我が家の居間にふたたび足を踏み入れたなら、妻は中年のウェイクフィールド氏を目にして思わず嬉しさに手を叩くであろう。ああ、何たる思い違い！ 我々のふける狂気の沙汰が終わるのを時が待ってくれるものなら、我々は皆一人残らず、最後の審判の日まで若者でいられることだろう。

蒸発して二十年目のある晩、ウェイクフィールドはいつものように、いまだ自宅と呼んでいる住居へ向かって散歩に出ている。風の吹きすさぶ秋の晩で、にわか雨がくり返し、舗道を勢いよく打ったと思ったら傘をさす間もなく止んでしまう。家のそばで立ち止まったウェイクフィールドは、二階の居間の窓の向こうに、心地よさげな暖炉が赤くほのかに光り、ちらちらと明滅し、時おりさっと燃え上がるのを認める。天井に、善良なるウェイクフィールド夫人の奇怪な影が浮かぶ。髪覆い、鼻とあご、そして広い腰が不思議な戯画を作り上げ、さらにそれが、ちろちろ燃え上がってはまた沈んでゆく炎に合わせて、初老の未亡人の影にしてはいささか陽気にすぎるほど陽気に踊る。その瞬間、たまたまにわか雨が降ってきて、無作法な強風がそれをもろにウェイクフィールドの顔と胸に叩きつける。体の芯まで、秋の冷気が染み込んでくる。自分はここでこうして、濡れてぶるぶる震える身で立っているのであろうか、我が家の暖炉は彼を暖めてくれるべくあかあかと燃えているというのに、我が妻はいそいそとグレーの上着と膝丈ズボンを出してきてくれる――きっとそれは二人の寝室のクローゼットにきちんとしまってあるはずだ――というのに？　まさか！　ウェイクフィールドはそんな愚か者ではない。彼は玄関の階段をのぼっていく。その足取りは重い、なぜなら二十年の歳月によって、この前ここを降りて以来脚は相当にこわばっているから、だが本人はそれを知らない。待て、ウェイクフィールド！　君は行こうというのか、君に残された唯一の家庭に？　ならば君の墓に入るがよい！　扉が開く。彼が中に入っていく瞬間、我々はその顔の最後の一瞥《いちべつ》を得る、そしてそこに、長年妻を犠牲にして演じてきたささやかな冗談の前兆となった、あの狡猾そうな笑みを我々は認める。哀れな妻を、彼は何と無慈悲にからかったことか！　ウェイクフィールドに一夜の安眠を！

　この幸福な出来事――だと仮定しての話であるが――は、何ら前もって案を練っていない瞬間にしか起こり得なかったであろう。我らが友を敷居の向こうまで追っていくのは控えよう。

もう十分、考えるべき糧《かて》を我々に与えてくれたのだから。その一部がかならずや叡智《えいち》をもたらして教訓に結晶し、寓意として形をなすことだろう。この神秘なる世界の、見かけの混乱の只中にあって、人間一人ひとりは一個の体系にきわめて精緻に組み込まれ、体系同士もたがいに、さらには大きな全体に組み込まれている。それゆえ、一瞬少しでも脇にそれるなら、人は己の場を永久に失う恐ろしい危険に身をさらすことになる。ウェイクフィールドのように、いわば宇宙の追放者になってしまうかもしれぬのである。

モルグ街の殺人
The Murders in the Rue Morgue
（1841）

エドガー・アラン・ポー
Edgar Allan Poe

海の魔物セイレーンがいかなる歌を歌ったか、女たちのあいだに身を隠したアキレウスが何と名のったか、これらは難問ではあるが、まったく推測不能ではない。

サー・トマス・ブラウン

世に分析的と呼ばれる知的能力は、それ自体は分析の対象とはなり難い。我々はあくまで、それがもたらす結果を評価できるのみである。何より我々は、そうした力を並外れて豊かに所有している人物にとって、それがつねにこの上ない愉しみの源であることを知っている。逞しい男が自分の肉体的能力に歓喜し、己の筋肉の活用を求める営みを愉しむように、分析者もまた、物事を解きほぐす知的活動に愉悦を覚える。自らの才を活かせるなら、ごく些細な営みからも彼は享楽を得る。謎、判じ物、暗号を彼は好み、その一つひとつを解いてみせるなかで、並の知力には超自然的と思える鋭い洞察力を見せつける。実は秩序立った思考の枠、真髄からもたらされるその結果は、実際、どこから見ても直観のなせる業《わざ》に思えるのだ。

問題を解明する能力は、数学を学ぶことによって大いに強化されうる。とりわけ、数学のなかで最も高度な、単にその遡行的な手順ゆえ不当にも解析学なる名で片付けられてきた分野を学ぶことによって。だが計算すること自体は分析ではない。たとえばチェスの指し手は、分析はいっさい目指さずもっぱら計算に終始する。ということはつまり、チェスというゲームは、人間の知力への影響に関し、著しく誤解されているということである。私はここで論文を書こうとしているのではなく、単にいささか変わった物語の前置きとして、ごく恣意的にいくつかの所見を述べようとしているにすぎない。ゆえにこの場で、思索的知性の高次な力がより明確かつ有効に行使されるのは、余計な見せびらかしのないチェッカーのようなゲームにおいてであって、チェスのごとき手の込んだ軽薄さにおいてではないことを指摘しておきたい。チェスにあっては、駒はそれぞれ違った、奇怪な動き方をし、その重要性も多様にして可変であり、よって単に複雑であるにすぎないものが（よくある誤りだ）深遠なものと勘違いされる。そこでは集中力が大いに要請される。一瞬でもそれが緩めば、見落としが生じ、痛手、敗北につながる。駒に可能な動きは多彩にして込み入っているから、そうした見落としの生じる機会は膨大であり、十中八九、勝つのはより鋭敏な指し手ではなくより集中力のある指し手である。しかるにチェッカーでは、駒の動きは一種類のみでバリエーションもほとんどないし、手落ちの生じる確率も少なく、単なる集中力が使われる度合も比較的小さいので、プレーヤーが少しでも優位を得るとすれば、あくまでより優れた洞察力によってである。具体的に、たとえば駒がキング四個まで減らされたチェッカーを想定してみよう。ここでは見落としということはまず考えられない。ここにあって、勝利はひとえに、（両者の実力がそもそも互角だとして）何か意表をついた動きによってのみ、知性を強力に行使した結果としてのみ生じうる。通常のさまざまな手が使えなくなったいま、分析者は自己を敵の精神のなかに投じ、相手と一体化し、往々にして、相手をミスに誘い込む、もしくは誤算へと追い込む唯一の（時には馬鹿馬鹿しいくらい簡単な）方法を瞬時に感知するのである。

トランプの「ホイスト」は、計算力と称されるものへの影響を長らく認められてきたし、最高の知性を有する人々が、チェスを軽薄な遊びとして退ける反面、理不尽と思えるほどこの遊びを愉しむことでも知られてきた。明らかに、同様の営みのなかで、ホイストほど分析能力に大きな負荷を課すものはない。キリスト教圏における最強のチェス選手は、最強のチェス選手である以外ほとんど何者でもないかもしれない。が、ホイストに堪能であるということは、精神と精神が闘う、より重要なほかの企てすべてに秀でる力を暗示している。ここで堪能と言うのは、ゲームの完璧な理解のことであり、とりわけ、正当に優位を引き出しうるあらゆる手段を把握する力のことである。それらの手段は種類はもとより形態もさまざまであって、並の知力にはとうてい届かぬ思考の奥底にひそんでいることも多い。注意深く観察するとは明確に記憶することであり、その限りにおいて、集中力のあるチェス選手はホイストでも強さを発揮するであろう。また、ホイル〔十八世紀イギリスのトランプ遊びの権威〕が定めた法則は、ゲームの仕組みをなぞっただけのものであり、誰にでも十分理解可能である。そのせいで、記憶力が豊かで、定石どおりに事を進める力を有することだけが、このゲームで優位に立つ条件だと世には見なされがちである。だが、分析者の才能が表われ出るのは、単なる法則を超えたところにおいてである。無言のまま、分析者は無数の観察と推論を行なう。むろんそれはほかのプレーヤーも同じであろうが、そこから得る情報に違いを生むのは、推論の有効性よりもむしろ、観察の質である。知るべきは、何を観察すべきかである。我らがプレーヤーは決して自分を限定しない。ゲームが目的だからといって、ゲームの外にあるさまざまな事柄に基づく推理を排除しない。彼はパートナーの表情を吟味し、相手二人の表情と注意深く比較する。プレーヤー一人ひとりがカードをどのように並べるかを観察し、カード一枚一枚に注ぐ視線を通して、切り札の数、絵札の数までしばしば正しく数え上げる。勝負が進行していくなか、おのおのの顔の変化にも逐一留意し、確信、驚き、得意、無念等々の表情の違いから豊富な思考を引き出す。勝ち札を集めて手元に置くしぐさを元に、そのプレーヤーが同じスートでもう一度勝てそうかを判断する。カードがテーブルに投げ出されるときの雰囲気から、はったりも抜かりなく見抜く。ちょっとした一言、ふと漏れた言葉、カードをうっかり落としたり裏返したりするしぐさ、またそれを隠す際に伴う不安や無頓着の表情、勝ち札の数え方とその際の並べ方、まごつき、ためらい、意欲、狼狽……それらすべてが分析者の、はた目には直観と見える知覚にとって、真の事態を知る手がかりとなるのだ。二、三巡すればもう、全員の手の内を分析者はすっかり把握していて、以後はあたかもほかの者たちがカードを表向きに出したかのように、正確無比の目的にそって自分の札を出すのである。

分析力を単なる発案力と混同してはならない。分析者は必然的に発案の才を有するが、発案力のある人間は往々にして驚くほど分析の才を欠いている。発案能力は通常、構成や組み合わせの妙といった形で表われ、骨相学ではこれを原初的な能力と考えて（誤りだと私は思う）独自の器官を割りあてているが、知力ではほとんど白痴というに近い者たちにその力が見られる例も非常に多く、人間の倫理を論じた識者たちの注目を集めているほどである。実際、発案力と分析能力とのあいだには、単なる空想力と想像力とのあいだよりもはるかに大きな差異が存在するが、差異の性質ということでいえば大いに通じるところがある。発案力に富む者は事実つねに空想力にも富み、真に想像力豊かな者が分析力を欠くということは決してありえないのだ。

以下に述べる物語は、いま提示した命題への、一種の注解と読者の目には映るであろう。

一八――年の春から初夏にかけてパリに住んでいた私は、かの地でC・オーギュスト・デュパン氏なる人物と知りあった。この若き紳士は、由緒ある、名家と言っていい血筋であったが、不運な出来事が重なって貧窮に陥り、生来の活力もその重みに屈し、世間での活動をやめてしまって、資産を取り戻そうという意欲も喪失していた。債権者たちの好意で、代々の資産の一部はいまだ手元にあり、そこから生じる収益を頼りに、厳しく倹約に努めて、生活の必需品はどうにか確保し、必需でないものについては思い煩わずにいた。実際、唯一の道楽は書物だったのであり、パリにいれば書物の入手は容易である。

私たちはモンマルトル街の人目につかぬ図書館で出会った。たまたま二人とも、同じ知られざる、きわめて非凡な書物を探していたのがきっかけで、親しく交わるに至ったのである。私たちは何度もくり返し会った。フランス人は、単に自分自身が話題である場合、実にあけっぴろげに語るものだが、彼も己の家族史を仔細に語ってくれて、私の興味を大いにかき立てた。また、彼の読書の幅広さにも驚嘆させられた。そして何より、彼の想像力の熱烈なる奔放さ、潑剌たるみずみずしさが、私の内なる魂に火を点けてくれるのが感じられたのだ。当時ある目的でパリにいた私は、このような人物との交際は金には換えられぬほどの宝だと思い、その気持ちを相手にも隠さず打ちあけた。結局、私のパリ滞在中は一緒に暮らそうということになり、幸い私は経済的境遇に関し彼ほど困窮していなかったので、家賃は私が出させてもらい、借りた屋敷に調度品を揃えるにあたっても、二人の性格に共通する、いささかの幻想癖に彩られた陰気さに合うよう留意した。屋敷自体は、時の流れに蝕まれた、奇怪な外観の、フォーブール・サンジェルマンの侘しい奥まった一画に建つ、何らかの迷信ゆえに長いあいだ空家になっていた（いかなる迷信か我々は訊ねはしなかった）、いまや崩れかけた館であった。

この家での我々の暮らしぶりが世に知られたなら、我々は狂人と見なされたであろう。もっとも、無害な狂人と思ってはもらえただろうが。私たちの隠遁は完全であった。我々は一人の客も迎えなかった。実際、こうして引き籠もった場の所在は、私のそれまでの知人たちには周到に内緒にしておいたし、デュパンはもう何年も前から、パリに住む誰一人知らなくなっていたし誰にも知られなくなっていた。私たちはただただ私たち二人において存在していた。

わが友の酔狂な嗜好（とでも言うほかない）として、彼は夜というものそれ自体に魅了されていた。彼のこうした奇癖に、そしてほかのもろもろの奇癖にも、私は何も言わず耽溺していった。何の留保もなしに、彼の放縦な気まぐれにわが身を委ねた。夜の女神はつねに私たちとともにいてくれるわけではないが、私たちが彼女の存在を捏造することはできる。夜が明けるとともに、私たちは古い館の物々しい鎧戸をすべて閉じ、細い蠟燭を何本か立てた。蠟燭は強い香りを放ちつつも、この上なく蒼ざめた、弱々しい光を発するのみであった。その助けを借りて、私たちは己の魂を夢のなかで忙しく働かせた。本を読み、物を書き、話をする。やがて時計が真の闇の到来を告げると、私たちは街へくり出す。腕を組んで、昼からの話題を続けながら、時にははるか遠くまでさまよい出て、大都市の狂おしい光と影のなか、静かな観察がもたらす無限の知的興奮を夜更けまで探し求めるのだった。

そういうとき私は、デュパンの特異な分析能力に（もっとも、彼の豊かな心象力から予想のつくことではあったが）目を惹かれ感嘆せざるをえなかった。彼はまた、その力を見せつけることはともかく行使することは非常に愉しんでいる様子で、そうやって得る悦楽をためらわず私にも打ちあけた。低くくっくっと笑いながら、たいていの人間は自分に関して胸に窓をつけているようなものだと豪語し、そう断じるはしから、私の胸のうちを深く知っていることを、明快な、あっと驚く証拠によって示してみせるのだった。こういうときの彼の態度は、冷淡かつ超然としていた。目は表情もうつろで、ふだんは豊かなテノールの声も、一語一語はっきり明確に発音していなかったら不機嫌ともとれかねない高音《トレブル》に変わった。こういう気分にある彼を見ていると、私はよく、双極の魂という古い哲学に思いをめぐらし、二重のデュパン——創造するデュパンと解明するデュパン——という奇想にふけって悦に入ったものだった。

こう言ったからといって、私が何か神秘の物語を語ろうとしているとか、珍談奇談を綴ろうとしているなどと思わないでいただきたい。このフランス人に関していま記述したものは、あくまで、興奮した、ひょっとすると病んだ、知性の結果にすぎなかったのである。だがいずれにせよ、こうした場合に彼が行なう言動の特徴を伝えるには、実例を挙げるに若《し》くはあるまい。

ある夜私たちは、パレ・ロワイヤル近辺の、長い、薄汚い通りをそぞろ歩いていた。見たところ二人とも考えごとに没頭していて、少なくとももう十五分、どちらも一言も口を利いていなかった。と、突然、デュパンがこう言った。

「たしかにひどい小男だね、テアトル・デ・ヴァリエテみたいな寄席がお似合いだ」

「まったくそのとおり」と私は何も考えずに答え、はじめは（とにかく思いにふけっていたので）相手が私の思考にぴったり調子を合わせてきたことの異様さにも気がつかなかった。次の瞬間、私は我に返った。私の驚愕は測り知れなかった。

「デュパン」と私は真剣な顔で言った。「僕には理解できないよ。はっきり言って、僕は仰天していて、自分の五感がほとんど信じられない。いったいどうやってわかったのかね、僕がたったいま――？」ここで私は、こっちが誰のことを考えていたか彼が本当にわかっていたと確かめようと言葉を切った。

――「シャンティイのことを考えていたと、かい」と彼は言った。「なぜ続きを言わない？奴の背丈じゃあ悲劇には不向きだって、君いま考えていたじゃないか」

まさにそれは私の思考の主題であった。シャンティイは元はサンドゥニ街に店を出していた靴の修繕屋であったが、芝居熱が高じて、クレビヨンの似非《えせ》悲劇『クセルクセス王』の主役に挑戦し、世間でさんざん笑い物になっていたのだった。

「教えてくれ」と私は叫んだ。「どういう筋道で――筋道があればの話だが――僕の心の奥まで読みとれたのかね」。実際私は、自分でも認めたくないくらい度肝を抜かれていた。

「果物売りさ」とわが友は答えた。「あの果物売りに導かれて君は、かの靴底修理人はクセルクセスだの何だのを演じるには上背《うわぜい》が足りないという結論に達したのさ」

「果物売り！――何を言ってるんだ――僕は果物売りなんて一人も知らないぜ」

「この道に僕らが入ってきたときに、君にぶつかりそうになった男さ。十五分くらい前だったかな」

そう言われて私も思い出した。たしかに、私たちがC――街からいま立っている大通りに入ってきたとき、リンゴの入った大きな籠を頭に載せた果物売りに、私は危うく突き飛ばされるところだったのである。だがそれがシャンティイと何の関係があるのか。さっぱりわからなかった。

デュパンにはいかさま師めいたところは微塵《みじん》もなかった。「説明しよう」と彼は言った。「何もかもはっきりわかってもらえるよう、まずは、僕が君に声をかけた時点から、件《くだん》の果物売りとの遭遇まで、君の思考の流れを遡《さかのぼ》ってみよう。連鎖の主たる鎖は次のとおりだ。シャンティイ、オリオン座、ドクター・ニコル、エピクロス、裁石術《ステレオトミー》、敷石、果物売り」

誰でも一度は、手すさびに、自分の思考がひとつの結論に達するまでの経過をたどり直してみたことがあるにちがいない。やってみるとこれはしばしば実に興味深いものである。初めて試みる人は、出発点と到達点との、見たところ無限の隔たりと関係なさに仰天させられる。とすれば、このフランス人がたったいま口にした言葉を聞いた私の驚愕はいかばかりであったか。私は彼の言葉の真たることを認めざるをえなかった。彼は先を続けた。

「僕の記憶が正しければ、C——街から去る直前、僕たちは馬の話をしていた。それが僕たちが語りあった最後の話題だ。二人でこの道に足を踏み入れると、果物売りが一人、大きな籠を頭に載せて、そそくさと僕たちの横をすり抜けようとし、君を押しのけたので、君は歩道が工事中のところに積まれた敷石の山に乗り上げる格好になった。そして固定されていない石のひとつを踏んづけて、足を滑らせ、わずかに足首をねじって、苛ついたような顔で二言三言言い、石の山の方をちょっと見てから、黙って先へ進んでいった。僕は君がやっていることに格別注意していたわけじゃない。でも最近僕にとっては、観察というのが一種の必然になっているんだ。

君は目を地面に向けたままだった。拗《す》ねたような表情で、舗道の穴や溝をちらちら見ていて(だからまだ石のことを考えているんだとわかった)、やがて僕らはラマルティーヌとかいう路地まで来た。ここは実験的に、敷石をずらして重ねて鋲で止めるやり方で舗装してある。ここで君の顔がパッと明るくなって、唇が動くのが見えた。君が『裁石術《ステレオトミー》』という、この手の舗道について仰々しく使われる言葉を呟いたことに疑いはなかった。そして『ステレオトミー』を思い浮かべれば、君がかならずや原子《アトミー》のことを考え、エピクロスの原子説のことを連想するものと僕にはわかった。この話題について僕たちはこのあいだ話しあったばかりで、かの気高きギリシャ人の漠たる推測が近年の星雲宇宙論によってその驚くほどの正しさを立証されたこと、にもかかわらずそれがほとんど注目されていないことを僕は君に話していたから、君がきっとオリオン座のあの大いなる星雲に目を上げずにはいられまいと僕は思って、君がじきにそうするものと確信した。君は事実顔を上げ、これで僕としても君の思考過程を正しくたどったことを確かめられた。さて、昨日の『ミュゼ』に載ったあの痛烈なシャンティイ評のなかで、評者は皮肉たっぷり、舞台に立つにあたって靴職人が名を変えたことに意地悪く言及して、僕たちがこれまでよく話題にしてきたラテン語の一行を引用していた。すなわちあの

初メノ文字ハ昔ノ響キヲ失エリ

のことだ。前にも君に講じたとおり、これはオリオン、かつての名はウリオンへの言及に触れた一言であって、僕の講釈にはそれなりの刺激が伴っていたから、君がこれを忘れているはずはないと僕は思った。したがって、君がオリオンとシャンティイとを結びつけるにちがいないことは明白だった。事実君がそうしたことを、君の唇に浮かんだ笑みの具合から僕は知った。君は哀れな靴屋が葬り去られたことを考えたんだね。それまで君は、背を丸くして歩いていた。だがいま、君がぴんと背筋をのばすのが見えた。これで君がシャンティイの背の低さに思いをめぐらしたことを僕は確信した。この時点で僕は君の黙想に割って入って、たしかにひどい小

男だ、テアトル・デ・ヴァリエテみたいな寄席がお似合いだと言ったわけだ」
この後まもなく、『ガゼット・デ・トリビュノー』の夕刊を見ていると、次の記事が私たちの目を惹いた。

「**異常な殺人事件**。——今朝午前三時ごろ、カルチエ・サンロックの住民は、立て続けに生じたすさまじい悲鳴によって眠りを覚まされた。悲鳴はモルグ街のとある屋敷の四階から発しているように思われた。この家の住人はマダム・レスパネエとその娘マドモワゼル・カミーユ・レスパネエの二名のみとされる。通常の方法で中に入ろうと空しく企てていささかの遅延が生じたのち、鉄梃《かなてこ》で玄関扉を壊し、十名近い隣人が、警官二名に付き添われて中に入った。この時点ではもう悲鳴は止んでいたが、一行が二階への階段を駆け上がるさなか、二つか、もしくはそれ以上の荒々しい声が喧嘩腰で言い争うのが聞こえた。声は上方の階から出ているように思われた。二つ目の踊り場に達すると、これらの音も止み、あたりは一気に静まり返った。一行はばらばらに分かれ、部屋から部屋を大急ぎで回った。四階裏手の大きな部屋にたどり着くと（ドアは中から鍵がかかっていたので力ずくで開けた）、そこには、居合わせた全員に恐怖と、それに劣らぬ驚愕を与えた光景が広がっていた。

室内はすさまじい混乱状態で、家具は壊され四方に投げ飛ばされていた。ベッドの枠組はひとつあるだけで、マットレスは剝ぎとられて部屋の真ん中に放り出されていた。椅子のひとつの上に剃刀が転がって、血がべっとり付着していた。暖炉には人間の銀髪の長く太い房が二つ三つあり、やはり血にまみれ、根元から引き抜かれたようだった。床にはナポレオン金貨四枚と、トパーズのイアリング一個、大きな銀のスプーン三個、小ぶりのアルジェ合金スプーンが三個、そして全部で金貨四千フラン近くが入った鞄二つが転がっていた。部屋の隅に置かれた衣裳だんすの引き出しは開いていて、物色された形跡があったが、中にある多くの品はそのまま残っていた。小さな鉄製の金庫がマットレスの（ベッド枠のではなく）下から見つかった。金庫は開いていて、鍵は挿《さ》したままで、古い手紙が何通かと、その他さして重要でない文書が若干入っているのみだった。

マダム・レスパネエの痕跡は室内には何も見あたらなかったが、暖炉の床に異常な量の煤《すす》が見られたので、煙突を調べてみたところ、語るも無残、令嬢の死体が、頭が下になった状態でそこから引き出された。狭い煙突開口部の、相当上まで、力ずくで押し込まれていたのである。遺体はまだ十分温かかった。仔細に見てみると、皮膚があちこち擦りむけていて、これは明らかに、強引に押し上げられてから手放されたことで生じたと思われる。顔にも深いひっかき傷が多数あり、絞殺されたかのように喉には黒っぽいあざと深い爪跡があった。

家じゅう隈なく調べたがこれ以上の発見はなく、一行が屋敷裏の小さな石畳の庭に出てみると、老婦人の死体が横たわっていた。喉は完全に切断されていて、体を持ち上げようとしたところ頭部が転げ落ちてしまった。胴体にも頭部同様著しい損傷が加えられていて、もはやほとんど人間の姿をとどめていなかった。

この恐ろしい怪事件に対し、本紙が知る限り、いまだいかなる手がかりも見つかっていない」

翌日の新聞は次のような続報を載せていた。

「モルグ街の惨劇。このきわめて異様にして恐ろしい事件《アフェール》に関して多数の人物が取調べられたが〈アフェール〉はフランスではまだ、英語圏で使われるときのように「色恋沙汰」といった意味合いを帯びてはいない〉、解明につながるような事柄は何ひとつ判明していない。証言によって得られた情報を以下にすべて記す。

ポーリーヌ・デュブール、洗濯女。被害者両方を三年前から知っていて、その間《かん》ずっと二人の衣服を洗濯してきたと証言。老婦人と令嬢の仲は良好に見え、二人睦まじく暮らしていた。二人は金払いも非常によかった。どんな生活をしていたか、どうやって収入を得ていたかについては何も言えない。マダム・Lは占いをやって生計を立てていたのだと思う。だいぶ貯金があるという噂だった。洗濯物を受け渡しに行くときに誰かに出くわしたことは一度もない。召使を雇っていなかったことは間違いない。屋敷には四階以外は家具もないらしかった。

ピエール・モロー、煙草商。四年近くにわたりマダム・レスパネエに紙巻き煙草と嗅ぎ煙草を少量ずつ売っていた。この界隈に生まれ、生涯ここで暮らしている。母娘《おやこ》は死体が発見された家に六年以上前から居住していた。それ以前は宝石商が住んでいて、階上の部屋をさまざまな人物に又貸ししていた。屋敷はそもそもマダム・Lの所有物だった。借家人による屋敷の濫用に腹を立て、自ら移り住んでどの階もいっさい人に貸さないことにした。老婦人は子供っぽい人物だった。六年のうち令嬢の方を見かけたのは五、六回である。母娘はおよそ世間と没交渉の生活を送っていた。金はあるという評判だった。マダム・Lは占いが仕事だと近所の者たちが言うのを聞いたことがあるが、疑わしいと思う。老婦人と令嬢以外、玄関から中に入るのを目撃したのは運送屋が一、二度、医師が十回程度で、それ以外は誰も見たことがない。

ほかにも多くの隣人が同様の証言を行なった。家に頻繁に出入りしたとされる人物は一人もいなかった。マダム・Lと令嬢とに存命の親族がいるかどうかは不明。屋敷の表側の窓の鎧戸はめったに開けられなかった。裏側の窓はいつも閉まっていたが、四階裏手の大きな部屋だけは例外だった。屋敷自体はしっかりした造りであり、それほど古くない。

イジドール・ミユゼ、警官。午前三時ごろ呼ばれて屋敷に赴いたところ、玄関で二、三十人が中に入ろうとしていたと証言。結局、銃剣で強引に開けた——鉄梃ではない。ドアは折り戸で、閂《かんぬき》は上も下も差していなかったので開けるのは容易だった。戸がこじ開けられるまで悲鳴は続き、やがて突如ぴたっと止んだ。誰かが（一人かもしくは複数）非常に苦しんでいるような、けたたましい、長く続く悲鳴であり、一瞬で終わる短いものではなかった。先頭に立って階段をのぼっていった。最初の踊り場に着くと、二つの声が喧嘩腰の大声で言い争うのが聞こえ、ひとつはだみ声で、もうひとつはもっとずっと甲高い、何とも奇妙な声だった。前者の言葉はいくつか聞きとれて、フランス人男性の声だった。女性の声でなかったことは確信がある。

「何《サ》て《ク》こった《レ》」と「ひどい《ディアブル》」という語が聞きとれた。甲高い方は外国人の声だった。男か女かはわからなかった。何と言っているかは聞きとれなかったが、スペイン語だったと思う。部屋と遺体の状態についての証言は昨日本紙で報じた内容に同じ。

アンリ・デュヴァル、隣人、職業は銀細工師。屋敷に真っ先に入ったうちの一人だったとのこと。ミュゼの証言をおおむね裏付けている。戸を破って屋敷内に入るとすぐ、真夜中なのにたちまち集まってきた野次馬を入れぬようふたたび玄関を閉めた。甲高い声はイタリア人だったと思う。フランス人でなかったことは確か。男の声かどうかは定かでない。ひょっとしたら女性だったかもしれない。イタリア語は知らない。言葉は聞き分けられなかったが、抑揚から間違いなくイタリア人だと思った。マダム・Lと令嬢とは知りあいだった。二人としじゅう話もしていた。甲高い声が被害者どちらのものでもなかったことは自信がある。

――・オーデンハイメル、レストラン経営。自ら証言を買って出た。フランス語は話せないので通訳を介して聴取。アムステルダム出身。屋敷の前を通りかかったところ、悲鳴が聞こえてきた。悲鳴は数分、おそらく十分くらい続いた。長く大きな、聞くに恐ろしい、痛ましい悲鳴だった。真っ先に屋敷内に入った一人。これまでの証言を、一点を除いてすべて裏付けた。甲高い声は男性の、フランス人の声だと確信する。発せられた言葉は聞き分けられなかった。大声で、早口の、むらのある、どうやら怒りのみならず恐怖にも駆られた声だった。耳障りな声だった――甲高いというより、耳障り。甲高い声とは言いがたい。だみ声の方は何度も

「何てこった《サクレ》」、「ひどい《ディアブル》」と言い、一度は「神よ《モン・デュー》」とも言った。

ジュール・ミニョー、銀行業者、ドゥロレーヌ通りにあるミニョー父子商会経営。「父子」の父の方。マダム・レスパネエはかなりの資産を持っていて、――年（八年前）春に商会に口座を開いた。頻繁に小額を預けていた。長年いっさい預金を下ろさなかったが、死の三日前、四千フランをじきじきに引き出していった。これは金貨で払い戻され、金を持った社員が自宅まで同行した。

アドルフ・ル・ボン、ミニョー父子商会社員。当日正午ごろ、鞄二つに入れた四千フランを持ってマダム・レスパネエ宅まで同行したと証言。玄関が開いてマドモワゼル・Lが現われ、鞄の片方を受けとった。もう一方は老婦人が受けとった。一礼して立ち去った。通りでは誰も見かけなかった、裏通りでひどく寂しい場所だから、とのこと。

ウィリアム・バード、仕立て屋、屋敷内に入った一人だと証言。英国人。二年前からパリに住んでいる。階段を真っ先にのぼったうちの一人。言い争っている複数の声を聞いた。だみ声はフランス人の男の声だった。何語かは聞きとれたが、全部は思い出せない。「何てこった《サクレ》」と「神よ《モン・デュー》」ははっきり聞こえた。これと同時に、何人かが争っているような、床がこすれる音、取っ組みあう音がした。甲高い声は非常に大きく、だみ声より大きかった。英国人の声でなかったことは間違いない。ドイツ人の声に思えた。女の声だったかもしれない。ドイツ語は解さない。

以上の証人のうち四名は、問われると、マドモワゼル・Lの遺体が見つかった部屋のドアは一行が着いたとき内側から鍵がかかっていたと証言。あたりは静まり返っていて、うめき声も騒音もいっさいなかった。ドアを力ずくで開けると、人の姿はなかった。裏手の部屋も表側の部屋も窓は閉まっていて中からしっかり固定してあった。二つの部屋を仕切るドアは閉まっていたが鍵はかかっていなかった。表の部屋から廊下に出るドアは鍵がかかっていて、内側に鍵が挿してあった。四階表側、廊下のつき当たりにある小部屋はドアがわずかに開いていた。室内には古いベッド、箱などが乱雑に置かれていた。これらは一つひとつ慎重に動かされ、調べられた。家じゅう隅々まで、入念に捜索しなかった場所は一寸たりともない。「スイープ」を煙突に入れて上下に動かした。屋敷は四階建で、屋根裏《マンサルド》があった。屋上の跳ね上げ戸は釘がしっかり打ちつけてあり、もう何年も開けていない様子だった。言い争う声が聞こえた時と、部屋のドアを押し開けた時との間隔は、証人によってまちまちで、ほんの三分ぐらいと述べた者もいれば、五分と言う者もいた。ドアを開けるのは容易でなかった。

アルフォンソ・ガルシオ、葬儀屋、モルグ街在住。スペイン生まれ。屋敷内に入った一行の一人。階段は上がらなかった。神経過敏ゆえ、興奮の影響が不安だったため。言い争う声が聞こえた。だみ声はフランス人の声だった。何を言っているかは聞きとれなかった。甲高い声は英国人だった。これは自信がある。英語の知識はないが、抑揚で判断。

アルベルト・モンターニ、菓子屋、真っ先に階段をのぼった一人。問題の複数の声を聞いた。

だみ声はフランス人だった。数語は聞きとれた。誰かを叱っているような声だった。甲高い方の言葉は聞きとれなかった。早口で、むらのある話し方だった。ロシア人の声だったと思う。これまでの証言を概して裏付ける。本人はイタリア人で、ロシア人と話した経験はない。

何人かの証人は、問われると、四階のどの部屋の煙突も狭くて人間が通れる広さはなかったと証言。「スイープ」とは、煙突掃除人が使うような円筒形の掃除ブラシをいう。これらのブラシを、家じゅうすべての煙道に差し込んで、上下に動かしたのである。一行が階段を上がっていった際、裏手には誰かが下に降りていけるような経路はいっさいなかった。マドモワゼル・レスパネエの体は煙突にがっちり押し込まれていたため引き抜くにも一苦労で、四、五人が力を合わせてようやく降ろすことができた。

ポール・デュマ、医師、夜明けごろ呼び出されて遺体を検分。行ってみると二体とも、マドモワゼル・Lが発見された部屋のベッド枠に貼られた布地に寝かせてあった。若き令嬢の遺体は全身あざや擦り傷だらけだった。これは煙突に突っ込まれていたという事実で十分説明がつくと思われる。喉もひどく擦りむけていた。あごのすぐ下に深い引っかき傷が数個あり、さらに、明らかに指の跡と思われる鉛色の斑が並んでいた。顔はすさまじく変色し、眼球は飛び出していた。舌は一部分嚙みちぎられていた。みぞおちに大きなあざがあり、どうやら膝を押しつけられて生じたものと思われた。ムッシュー・デュマの見るところ、マドモワゼル・レスパネエは誰か不明の人物もしくは人物たちによって絞殺されたと考えられる。母親の死体は著しく損傷していた。右脚と右腕の骨はすべて砕けていた。左の脛骨も甚だしく裂け、左側の肋骨全体も同様であった。体じゅう、見るに恐ろしいあざに覆われ、変色していた。こうした危害がどのようにして加えられたのか、断定は不可能である。重い木の棍棒、幅広の鉄棒、椅子、大きくて重い鈍器なら何でも、非常に力のある男が使えばこうした結果が生じうる。どんな武器を使うにしても女性がこのような殴打を加えるのは不可能。証人が目にした際、被害者の頭部は体と完全に分離し、また著しく砕けていた. 喉は明らかにきわめて鋭利な道具で切られていた。おそらくは剃刀と思われる。

アレクサンドル・エティエンヌ、外科医、ムッシュー・デュマとともに死体を検分すべく呼び出された。ムッシュー・デュマの証言と所見を裏付けた。

さらに数人を事情聴取したが、これ以上重要な情報は得られなかった。かくも謎に満ちた、あらゆる点において理解を絶する殺人がパリで犯されたことは——そもそも殺人が犯されたのだとして——かつてなかった。警察はまったく途方に暮れている。こうした事件においては前代未聞の事態である。見る限り、手がかりは影すらない」

夕刊では、カルチエ・サンロックはいまだ非常な興奮に包まれていると報じられた。屋敷はふたたび入念に捜索され、目撃者の取調べも改めて行なわれたが、何の成果もなかった。追記として、アドルフ・ル・ボンが逮捕され投獄されたと新聞は伝えていたが、すでに詳述された以外、彼の犯行を匂わせるような事実は何もないと思えた。

この事件の進展に、デュパンは異様な関心を抱いたようだった。とにかく彼の振舞いから私はそう判断した――本人は何も言わなかったからだ。ル・ボン投獄が発表された時点で、デュパンは初めて、この殺人事件をどう思うかと私に訊ねた。

パリ中で言っているとおり、解決不能な謎だと思う、としか私には言えなかった。殺人犯をたどる手立てが僕にはまったく見えないね、と。

「こんな形ばかりの取調べから、手立てについて判断してはいけない」とデュパンは言った。「パリ警察はその眼識をさんざん褒めそやされているが、実のところ小賢しいだけの話だ。彼らのやり方には何ら方法というものがない。場当たりの、その場限りのやり方があるだけだ。さも仰々しく捜索を行なうが、往々にして、目的にとっておよそ見当外れで、部屋着をよこせ、音楽をよく聞きたいからというムッシュー・ジュルダンの科白を思い出すね〔モリエール『町人貴族』から〕。華々しい結果が得られることも少なくないが、大半は単なる勤勉さ、まめさのおかげにすぎない。こうした取り柄が役に立たないところでは、何も成し遂げられやしない。たとえばヴィドック〔元犯罪者からパリ警察の重鎮となった〕は勘のいい人物だったし、粘り強さもある男だった。だが、知識に裏付けられた思考を行なう力がなかったため、まさにその捜査の徹底ぶりによってしじゅう過ちを犯していた。物を近くに寄せすぎて視力も損なわれた。一つか二つの点は並外れて明晰に見るんだが、そうすることで必然的に、全体を見失ってしまう。深く掘り下げすぎて過《あやま》つ、ということもあるのだ。真実はつねに井戸のなかにあるとは限らない。実際、重要な事柄に関しては、決まって表層にあるものだと僕は思う。深さは我々が真実を探す谷間に存するのであって、真実が見つかる山頂にではない。この手の過ちがどんな形をとり、どう生まれるかを考える上で好例となるのが、天体を眺めるという営みだ。ある星をはっきり見ようと思ったら、それをチラチラ横目に見るのが一番だ。その星に、網膜の外側（こっちの方が内側より弱い光に対して感度がいい）を向けることで、その光り具合が一番よくわかる。全面的に目を向けてしまうと、それに比例して光は弱まってしまう。目に当たる光線の数としてはその方が多いんだが、チラチラ見る方が光を把握する力は精緻なのだ。過度の深みによって、我々は思考を惑わせ、弱めてしまう。あまりに長時間見たり、あまりに集中したり直接目を向けすぎたりすることで、金星それ自体すら天空から消してしまいかねない。

この殺人事件に関しても、意見を決めてしまう前に、まず我々自身で調べてみようじゃないか。捜索するのも愉快なものだし（ここで使うには奇妙な言葉だと私は思ったが何も言わなかった）、それにル・ボンには前に一度世話になったことがあって、僕としても恩義がある。僕たち二人、自分の目で屋敷を見に行こう。警視総監のG——とは知りあいだから、必要な許可を得るのは訳ないはずだ」

許可は得られて、私たちはモルグ街に直行した。そこはリシュリュー街とサンロック街のあいだにはさまった、何とも気の滅入る通りである。私たちが着いたときは午後もなかば過ぎていた。我々が住んでいるところからはずいぶん離れているのだ。屋敷はすぐに見つかった。道の向こう側から、閉ざされた鎧戸を、あてもない好奇心を抱えて見上げている野次馬がいまだ大勢いたからだ。ごく普通のパリの住宅で、玄関口の側にすりガラス貼りの番小屋があって、スライド式の横板が窓に付いているので管理人詰所《コンシェルジュ》と知れた。中に入る前に私たちは通りを先まで進んで、横道に折れ、それからもう一度曲がり、屋敷の裏手を通ってみた。その間デュパンは、屋敷のみならず界隈全体を非常に注意深く調べていた。何が目当てなのか、私にはさっぱりわからなかった。

来た道を戻って、ふたたび住居の前に立ち、呼び鈴を鳴らして、許可証を見せると、担当の者が中に通してくれた。階段を上がって、マドモワゼル・レスパネエの死体が発見された、二人の死体がいまも置かれている部屋に入っていった。部屋の混乱は慣例どおりそのままにしてあった。私には『ガゼット・デ・トリビュノー』で報じられていた以上のことは何も見えなかった。デュパンは何から何まで細かく調べた——むろん、被害者の死体も。私たちはほかの部屋にも一通り入り、中庭にも出た。警官一人が終始付き添っていた。調査には日没までかかり、暗くなってから私たちは屋敷を後にした。帰り道、私の相棒はある日刊紙の編集局に寄っていった。

わが友の風狂ぶりが多様なものであることはすでに記したし、何につけても「私は彼に調子《ジュ・レ》を合わせた《メナジュエ》」——この感じは英語では言い表わしようがない——ことも述べた。そしていま、殺人についてはいっさい話題にしないのが彼の「調子」であるらしかった。が、翌日の正午ごろになって、彼はいきなり、君、惨劇の現場で何か特異なことは見たかと私に訊ねた。「特異な《ペキュリア》」という言葉に妙な力点があったせいで、私は何だかぞっとした。

「いや、特異なことは何も」と私は言った。「少なくとも、僕らが新聞で読んだ以上のことは」

「あいにく『ガゼット』は」と彼は答えた。「この一件の異常な恐ろしさに踏み込んでいない。だがまあ新聞の無為な意見はどうでもいい。この謎は解決不能と見なされているが、僕が思うに、そう見なされる理由こそが実は、まさにこの事件を解決容易と思わせてしかるべきなのだ。つまり、さまざまな要素が常軌を逸しているというまさしくその点だ。動機が——殺人自体のではなく、あれほど残虐な殺人を犯す動機が——見あたらないことで警察は途方に暮れている。警察はまた、言い争う声がしたという事実と、階上の部屋には殺されたマドモワゼル・レスパネエ以外誰も見つからなかったし階段を上がってきた一行に見られずに誰かが外に出る経路はひとつもなかったという事実とが、見たところ両立不可能であることにも戸惑っている。すさまじく荒らされていた部屋、頭を下にして煙突に突っ込まれていた死体、老婦人の死体のむごたらしい有様なども加わり、ほかにもこれ以上挙げるまでもないいろんな謎が重なって、警察自慢の眼識もまるっきりお手上げで、当局は麻痺状態に陥っている。異様なものを深遠なものと混同するという、甚だしい、だがよくある罠にはまってしまっているんだ。けれども、真なるものを求めて理性が動き出すとすれば、まさにそういう通常の次元を逸脱した部分から理性は手探りをはじめるのだ。目下のような探索にあっては、『起きたことは何か』よりもむしろ

『起きたなかでいままで一度も起きたことがないものは何か』を問うべきなのだ。実際、僕がこの謎の解明にたどり着くであろう、というかもうたどり着いたのだが、その際の容易さは、警察から見た見かけ上の解決不可能性に正比例している」

　私は無言の驚愕に包まれて相棒に見入っていた。

「僕はいま、一人の人物を待っている」と彼は、私たちの住居のドアに目を向けながら先を続けた。「残忍行為を犯した張本人ではたぶんないが、何らかの形でその実行に絡んでいたにちがいない人物だ。犯された罪の最悪の部分に関しては、おそらくこの男は無実だ。この前提が正しくあってほしいね。僕がこの謎を正しく読み解く期待全体がこの点にかかっているんだから。その男がここに、この部屋に、いまにも現われるのを僕は待っている。現われないという可能性もあるが、確率としては現われる方が高い。現われたら、そいつを引き留めなくちゃいけない。ここにピストルがある。使う必要が生じたら、君も僕も使い方は知っているよね」

　自分がしていることもわからぬまま、聞いたことも信じられぬままに私はピストルを手にとり、デュパンはほとんど独白のように話を続けた。こういうときの彼の超然とした近づき難い態度についてはすでに触れた。私に向けられたその言葉は、決して大声ではないものの、普通は誰か遠くにいる人間に向かって話すときに使われるたぐいの抑揚を伴っていた。うつろな目は壁を見るばかりだった。

「階段をのぼって来た一行によって、言い争っているのを聞かれた声が」と彼は言った。「女たち本人の声でなかったことは、証言によって十分裏付けられている。したがって、老婦人がまず娘を殺したのち自殺したのではないかという疑いは完全に排除される。もっとも、この点をわざわざ言うのは、あくまで順序立てて話を進めるためにすぎない。どのみちマダム・レスパネエの力では、娘の死体をあんなふうに煙突に突っ込むなんて無理な相談だし、本人の体に加えられた傷から見ても、自害という線はおよそ考えられない。殺人は誰か第三者によって為されたのであり、言い争っているのが聞かれたのはこの第三者の声なのだ。ここで声に関する証言全体にではなく、その証言のなかの特異なところに目を向けてみよう。君、何か特異な点に気づいたかね？」

　だみ声がフランス人の男の声だという点では証人全員が一致しているが、甲高い声、あるいは一人の言い方を使えば耳障りな声については意見がバラバラだという点を私は指摘した。

「それは証言そのものであって、証言の特異さではない」とデュパンは言った。「君は何ら特徴的なことを看てとっていない。だがここにはまさに看てとるべきものがあったのだ。君の言うとおり、だみ声に関して証言はみな一致している。一人の例外もない。だが甲高い声に関して特異なのは、意見が一致しないことではなく、イタリア人、英国人、スペイン人、オランダ人、フランス人がそれを言葉で説明しようとするなかで、それぞれがその声を外国人の声として語っていることだ。自分の同国人の声ではなかったと、誰もが確信している。誰もがそれを、自分がよく知っている言語を話す国民の声になぞらえるのではなく、その反対をやっているのだ。フランス人はそれをスペイン人の声だと思い、『スペイン語に通じていたらいくつかの単語は聞きとれたかもしれない』と言っている。オランダ人はフランス人の声だったと主張しているが、『フランス語は話せないので通訳を介して聴取』と記されている。英国人はドイツ人だったと思うと言うが、『ドイツ語は解さない』。スペイン人は英国人の声だったことに『自信がある』が、『英語の知識はない』のでもっぱら『抑揚で判断』した。イタリア人はロシア人の声だと言っているが、『ロシア人と話した経験はない』。さらに、二人目のフランス人は一人目とは違い、イタリア人の声だったと断定しているが『イタリア語は知ら』ず、スペイン人と同じく『抑揚から間違いな』いと判断した。いったいどれだけ尋常ならざる声だったんだろうね、これだけの証言が集まったとは！——その語調にすら、ヨーロッパの五つの主要な地域の人間たちが、聞き慣れた要素をいっさい認知できないなんて！　アジア人か、もしくはアフリカ人だったのでは、と君は思うかもしれない。パリにはアジア人やアフリカ人はそうたくさんいないが、その可能性は否定せずとも、三つの点に君の注意を喚起しておきたい。その声を一人の証人は『甲高いというより、耳障り』と形容している。二人は『早口の、むらのある』声と述べている。そしてどの証人もみな、いかなる単語も、単語に似たいかなる音も聞きとれなかったと言っているのだ」

「ここまでの僕の言葉が」とデュパンはさらに続けた。「君にどういう印象を与えたかはわからない。だが、ためらわず言うが、証言のこの部分から——だみ声と甲高い声に関する部分から――導き出される妥当な推論だけで、謎の解明の今後の進展全体を方向づけしてくれるような仮説が十分に組み立てられると僕は思うね。『妥当な推論』と言ったが、この言い方は十分でないな。僕としては、その推論が唯一適切なものであり、そこから唯一不可避的にそうした仮説が生じるということを言いたかったのだ。だが、その仮説が何なのかは、いまはまだ言わないでおこう。いまはとにかく君に、僕と一緒になって、その仮説があの部屋での僕の捜査にはっきりした形を、ある種の方向性を与えてくれるくらいしっかりしたものだったということを頭に入れておいてほしい。

さて、空想のなかであの部屋に身を運んでみよう。まずは何を探す？　殺人者たちの使った脱出手段だ。僕たち二人のどちらも、超自然的な出来事は信じていないと断じていい。レスパネエ母娘は霊に殺されたのではない。殺人を為した者は肉体を持っていたのであり、その肉体を携えて逃げたのだ。ではどうやって？　幸い、この点については推論の方法はひとつしかなく、その方法がかならず我々を確固たる結論に導いてくれるはずだ。――脱出の手段をひとつずつ検討してみよう。一行が階段をのぼって来たとき、殺人者たちがマドモワゼル・レスパネエの発見された部屋に、あるいは少なくともその隣の部屋にいたことは明らかだ。とすれば、出口を探すのも、この二つの部屋に絞っていい。警察は床板も天井も剝がしたし、四方の壁も石をすべて外してみた。彼らの熱意をもってすれば、いかなる秘密の出口も見逃さなかったはずだ。僕は彼らの目を信じて済ませはせず自分の目で調べてみたが、たしかに秘密の出口はいっさいいなかった。二つの部屋から廊下に通じるドアはどちらもしっかり施錠されていて、中から鍵が挿してあった。煙突に目を向けよう。暖炉の上、二メートル半か三メートルくらいまでは普通の幅がある煙突だが、おしまいまでとなると、大きめの猫を通すのも不可能だ。以上の脱出方法がありえないとなれば、あとはもう窓しかない。そして表側の部屋のどれかの窓から逃げていたら、かならずや通りにいる人たちの目についたはずだ。ならば、殺人者たちは必然的に、奥の部屋のどれかの窓から出ていったことになる。これほど曖昧さを許さぬ形で結論に至ったからには、僕たちは論理をもって思考する者として、見かけ上不可能に思えるからといってこれを却下してはならない。いまや我々に残された任は、これら見かけ上の『不可能性』が、実のところそうではないと証明することなのだ。

奥の部屋には窓が二つある。一つは家具によって妨げられてもおらず、見るのに何の邪魔もない。もう一方の窓は、下の方が、そこにぴったり押しつけられたごついベッド枠の頭部によって視界から遮られている。すっかり見える方の窓は、内側からしっかり固定されていた。力いっぱい持ち上げようとしても、びくともしないくらいがっちりと。窓枠の左側に錐《きり》で大きな穴が開けられていて、そこにきわめて太い釘が一本、ほとんど頭が埋まるまで打ち込まれていたのだ。もう一方の窓を調べてみると、こちらにも同じような釘が入っているのが見え、窓枠を持ち上げようと懸命に力を込めてもやはり無理だった。これで警察としては、ここからの脱出はなかったと断定した。そしてそれゆえ、釘を抜いて窓を開けてみるのは労力の無駄だと考えたのだ。

僕の調査はもう少し仔細だった。理由はいま述べたとおり、まさにここにおいて、すべての見かけ上の不可能性が実はそうでないと判明するとわかっていたからだ。

僕は次のように、帰納法で考えてみた。殺人者たちは事実これらの窓のどちらかから逃げた。だとすれば、彼らが内側から窓枠を固定し直したことはありえない。そもそもそう考えたからこそ、警察はもはや事態は明白と見て、窓に関する捜査を打ち切ったわけだ。だが窓枠は事実固定されていた。だとすれば、必然的に、窓はひとりでに固定される仕組みになっていることになる。この結論から逃れようはない。障害物のない方の窓に僕は行ってみて、かなり苦労して釘を抜き、窓枠を持ち上げようとしてみた。案の定、いくら頑張ってもびくともしなかった。これで、きっとどこかにバネが隠れているにちがいないことがわかった。釘をめぐる事態は依然まだ謎であるわけだが、推理にこうして裏付けを得て、少なくとも自分の前提は間違っていないことが確認できた。丹念に調べていると、まもなく、隠れたバネが見つかった。僕はそれを押してみて、その発見に満足し、窓枠を持ち上げるのは控えておいた。

釘を元に戻して、じっくり見てみた。誰かがこの窓を通って外に出たとすれば、外から閉めることはできただろうし、バネもひとりでに働いただろう。だが、釘を元に戻すことはできなかったはずだ。ならば結論は明らかであり、僕の捜査の範囲はさらに限定された。殺人者たちはもうひとつの窓から逃げたにちがいないのだ。そして、どちらの窓枠もバネは同じだと仮定すれば（おそらくその確率は高い）、釘に関して何らかの違いが見つかるにちがいない――少なくとも、両者の留め方に関して。僕はベッド枠に貼られた布地に乗って、頭板ごしにもうひとつの窓をよく見てみた。板の裏側に手を入れてみると、バネはあっさり見つかり、僕はそれを押してみた。案の定、もうひとつとまったく同じ造りのバネだった。今度は釘を見てみた。もうひとつの方と同じくらい太く、見たところ同じように、ほとんど頭が埋もれるまで打ち込んであった。

　ここで僕が途方に暮れたと君は思うかもしれない。だが、そう思うとすれば、君は帰納的思考の本質を誤解している。狩りの比喩を使うなら、僕は一瞬たりとも臭跡を失っていない。論理の連鎖に何ひとつ欠陥はないのだ。謎をたどっていって、その究極の帰結にたどり着いた。――その帰結とは釘なのだ。たしかにどこから見ても、もう一方の窓の釘と同じように見えたが、そんな事実は、一見決定的なように思えても、この地点こそ手がかりの帰着点だという結論に較べればまったくの無でしかない。「この釘には絶対何か変なところがあるにちがいない」と僕は考えた。触ってみた。すると、釘の頭が僕の手のなかで、軸の部分を〇・五センチくらい伴ってポロッと外れた。軸の残りの部分は依然として錐の穴のなかに入ったままだ。折れたのはずいぶん昔のことであり（縁を見ると錆が覆っていたから）、どうやら金槌で叩かれて折れたものらしい。叩かれて、折れた釘の頭がそのまま下の窓枠の上部に埋め込まれていたわけだ。この折れた頭の部分を、僕はそうっと、元あった凹みに戻してみた。ちゃんとした釘があるという見かけは完璧だった。折れた箇所は外からは見えない。僕はバネを押して、窓枠をそっと何センチか押し上げてみた。釘の頭もしっかり刺さったまま一緒に上がってきた。ふたたび窓を降ろして閉めると、完璧な釘があるという見かけは今回も完璧だった。

ここまでの謎はこれで解けた。殺人者はベッドに接した方の窓から逃げたのだ。殺人者が出ていった際に窓はひとりでに落ちて閉まって(もしくは彼が意図して閉めて)、ふたたびバネによって固定された。このバネによる固定という事態を、警察は釘による固定と勘違いして、それ以上の捜査は不要と見なしたのだ。

次の問いは、どうやって地上に降りたかという点だ。これに関しては、君と屋敷の周りを回ったときに僕はすでに探りあてていた。問題の窓から一六〇センチくらい先のところに、避雷針が立っている。この避雷針から窓自体にたどり着くのは不可能だろうし、ましてや部屋のなかに入るのはとうてい無理な相談だ。だが、あの四階の鎧戸が、パリの大工たちが烙印押し《フェラード》と呼んでいる特殊な種類であることを僕は看てとった。今日ではめったに使われないが、リヨンやボルドーのひどく古い屋敷ではよく見かけるたぐいの鎧戸だ。見かけは普通の扉(両開きではなく片開き)だが、ただし上半分が格子状になっていてすきまがあり、手を掛けるにはうってつけなのだ。そして今回の鎧戸は、幅もたっぷり一メートルある。屋敷の裏手から見たとき、どちらも半ばまで開いていた——つまり、壁に対して直角に突き出ていた。おそらくは警察も僕同様に家の裏手を調べはしたと思う。だがそうだとしても、これらの特殊な鎧戸を、その幅まで視界に入れて見たにもかかわらず（当然見はしたはずだ）、幅があれだけあることを見落としたか、あるいは少なくとも幅の広さをしかるべく考慮することを怠ったのだ。実際、こちらからの脱出はありえないといったん決めたあとは、調べるにしてもごく大雑把でしかなかっただろう。けれども僕にとっては、ベッドの頭側に面した窓の鎧戸を目いっぱい壁の方まで開ければ、避雷針から五、六十センチのところまで近づけることは明らかだった。そして、並外れて体の動きがいい、度胸もある者なら、避雷針を経由して窓までたどり着くのも不可能ではなかったこともやはり明らかだった。――七十センチくらい手をのばせば（いまはひとまず鎧戸が目いっぱい開いていたと仮定しよう）、侵入者は鎧戸の格子部分をしっかり摑めたはずだ。そこで避雷針を握った手を放して、壁にがっちり両足を据え、大胆に跳べば、勢いで鎧戸がぐいっと回って閉まった可能性はあるし、たまたまそのとき窓も開いていたと仮定するなら、一気に室内に飛び込めた可能性すらある。

並外れて体の動きがいいことが、この危険で困難な芸当には必須だと言ったことをしっかり頭に入れておいてほしい。僕の意図は二つある。第一に、この芸当が成し遂げられた可能性はちゃんとあるということを君に示すこと。だが第二に、そしてこちらの方が主なのだが、これを成し遂げえた者の体の動きがきわめて並外れていたこと、ほとんど超自然的であったことを、君にしかと感じとってほしいのだ。

君はきっと、法律の物言いを使って、『説得的に立論する』には、僕がこの点に関し、必要な体の動きを極力高く見積もるのでなく、むしろ低く見るべきだと考えることだろう。法律の世界にあってはそうかもしれないが、それは理性のやり方ではない。僕の究極的な目標は真実のみだ。そして当面の目的は、君が二つのことを並べて考えるように導くことだ――すなわち、たったいま述べた並外れた体の動きと、きわめて特異な、甲高い（もしくは耳障りな）、むらのある、その国籍をめぐってどの二人をとっても意見が一致しない、その発声に関していかなる文節も検知しえなかった声とを」

　これを聞いて、デュパンの言わんとしていることをめぐって、おぼろげな、漠然と形を成した思いが私の頭をよぎっていった。人が時おり、いまにも思い出せそうな気がするのに結局は思い出せないことがあるように、理解の一歩手前まで迫っていながら理解する力が私にはないように思えた。わが友は話を続けた。

「僕が問題を、どう逃げたかという点から、どう入ったかに移したことが君にもわかるだろう。両者が同じやり方で、同じ場所で行なわれたのだという考えを暗に伝えるのが僕の狙いだったのだ。部屋の内部に目を戻そう。室内を見渡してみる。衣裳だんすの引出しは、中に入っていた衣類の大半は残っていたにもかかわらず、何者かに物色されたと言われている。この推論は馬鹿げている。単なる憶測、しかも何とも間の抜けた憶測でしかない。引出しに残っていた品々が、元々そこに入っていた品全部だという可能性を、どうして排除できるのか？　レスパネエ母娘は世間とほとんど接触のない暮らしをしていて、家には一人の客もなく、外出もめったにせず、夥しい量の衣服に用はなかったはずだ。部屋で見つかった一連の衣類は、これら二人の御婦人が所有しそうな品としては非常に上等な品だった。もし泥棒が何か盗んでいったとしたら、なぜ一番高級なものを持っていかなかったのか？　なぜみんな持っていかなかったのか？　要するに、なぜ彼は一束のリンネルなぞを抱え込んで、四千フラン分の金貨を放ったらかしていったのか？　そう、金貨は放ったらかしにされていた。銀行家ムッシュー・ミニョーが証言した金額ほとんど全部が、鞄に入ったまま、床で発見されたのだ。したがって君も、動機などというろくでもない考えは頭から追い出してほしい。そんなものは、屋敷の玄関まで金が届けられたという証言によって警察の連中の脳に生み出された無意味な代物にすぎない。金が届けられ、その三日以内に、受けとった者が殺害される。これよりも十倍驚くべき偶然が、人生の毎時間、僕たちみんなの身に起きていて、一瞬の注意も惹きはしないのだ。概して偶然というのは、確率論というものを知らずに物事を考えようとする連中にとって大きなつまずきの石になっている。実は人間による探求の、何より輝かしい目的に何より輝かしい光を当ててくれるのが、ほかならぬこの確率論なのだ。今回の例について言えば、かりに金貨がなくなっていたら、三日前にそれが届けられたという事実は単なる偶然以上の要素になったことだろう。動機という発想の裏付けにもなったことだろう。だが、事件の実態に即して見るなら、もしも金貨がこの惨劇を生んだ動機と考えるとすれば、我々はさらに、この犯人は金貨も動機もまるごと放棄してしまう、何とも腰の定まらぬ阿呆だったと考えねばならない。

特異な声、並外れた身のこなし、かくも非道な殺人にあって動機がまったく見えないこと。君に注意を喚起したこれらの点をしっかり念頭に置いてもらった上で、今度は残虐行為自体に目を向けよう。一人の女性は手で首を絞められて殺され、頭を下にして煙突に突っ込まれていた。普通の殺人者はこんな殺し方はしない。何より、こんなふうに死体を処理したりはしない。死体が煙突に突っ込まれたそのやり方に、何か過剰に常軌を逸したところがあることは君にもわかるだろう。かりにこれがこの上なく倒錯した者の仕業であるとしても、人間の行動というものをめぐる我々の通念とはまったく相容れない何かがここにはあるのだ。それにまた、死体を煙突の口に押し入れた力がどれだけ凄いかを考えてほしい。何しろ、何人かが力を合わせてやっと引っぱり下ろしたのに、向こうはそれを押し上げたんだからね！

驚異的な力の所在を示す要素はほかにもある。暖炉には髪の太い房があった。すごく大量の、人間の銀髪の房だ。これは根っこからむしり取られていた。頭からほんの二、三十本髪をむしり取るだけでも物凄い力が要ることは君もわかるだろう。この髪は君も見たよね。根っこの部分には、見るも無残に、頭皮の肉がちぎれて付着していた。おそらくは五十万本くらいある髪をいっぺんに引き抜こうとした、すさまじい力をまざまざと物語っていた。老婦人は単に喉を切られていただけではない。頭部が胴体からすっぱり切断されていたのであり、しかも凶器はただの剃刀だった。こうした行為の野蛮きわまりない獰猛さを見てほしい。マダム・レスパネエの体を覆っていたあざについてはあえて言うまい。ムッシュー・デュマとその有能なる補佐ムッシュー・エティエンヌによれば、傷は何らかの鈍器によって加えられたという。二人の紳士の言はひとまずのところまったく正しい。この鈍器とは明らかに、ベッドに接した窓から被害者が落下した庭の石畳なのだ。いま考えると実に簡単な話に思えるが、鎧戸の幅を見逃したのと同じ理由で、警察はこれも見逃してしまった。釘の一件によって、窓が開けられたという可能性に対して認識が完全に閉ざされてしまったのだ。

こうしたことすべてに加えて、部屋の奇怪な混乱状態にも君がしかるべく思いをはせたとすれば、これで僕たちは、以下の要素を組み合わせたことになる。驚異的な身のこなし、超人的な力、野蛮きわまりない狂暴さ、動機なき残虐行為、人間性とはまったく無縁のおぞましいグロテスクさ、多くの国の人間たちにとっておよそ聞き慣れない口調でありいっさいの認識可能な分節を欠いた声。ここからどのような帰結が生じるだろう？　君の想像力に、僕はいかなる印象を与えただろう？」

デュパンにこう訊かれて、私はぞっと鳥肌が立つのを感じた。「狂人だよ」と私は言った。「これは狂人の仕業だ。近所の施設から逃げ出した、荒れ狂う狂人の仕業だよ」

「いくつかの点に関して、それは的外れな考えではない」と彼は答えた。「だが狂人の声は、どれだけ激しい発作状態にあっても、階段に聞こえてきたあの特異な声と決して完全には符合しない。狂人とてどこかの国に属しているのであって、その発話は、単語としては支離滅裂でも、つねに分節化しうるだけの一貫性は備えているものだ。それに、狂人の髪はいま僕が握っているものとは違う。この小さな房は、マダム・レスパネエの硬直した指が握り締めていたのを僕が抜いてきたのだ。これを見て、君はどう思うかね？」

「デュパン！」と私はすっかり動転して言った。「この髪は実に異様だよ――これは人間の髪じゃない」

「人間のだとは言っていないさ」と彼は言った。「だが、この点を決める前に、この紙に描いたささやかなスケッチを見てもらいたい。証言のある箇所で、マドモワゼル・レスパネエの喉に見られた『黒っぽいあざと深い爪跡』と言われ、またデュマ、エティエンヌ両氏には『明らかに指の跡と思われる鉛色の斑が並んでいた』と描写されていたものを模写したんだ」

「見てのとおり」とわが友は、紙をテーブルの上に広げながら話を続けた。「誰かががっちり、有無を言わせず押さえつけた感じはこのスケッチから伝わってくると思う。滑っている様子はまったくない。指一本一本が、おそらくは被害者が絶命するまで、最初に指を据えた瞬間の恐ろしい圧力をそのまま保っていたのだ。君、このそれぞれの指の跡に、自分の指を同時に全部置いてみたまえ」

私はやってみたが、無駄だった。

「これではおそらく正確な実験とは言えない」と彼は言った。「この紙は平らな表面に広げられているが、人間の喉は円筒形だ。ここに薪が一本ある。この直径はだいたい人間の喉と同じだろう。スケッチでこれを包んで、もう一度実験してみたまえ」

私はやってみたが、困難さはさっきよりもっと明白だった。「これは人間の手の跡じゃない」と私は言った。

「次にこれを読んでみたまえ」とデュパンは答えた。「キュヴィエ〔著名なフランスの博物学者〕の一節だ」

それは東インド諸島に生息する、巨体の黄褐色のオランウータンを解剖学的に詳述し説明した文章だった。おそろしく高い身長、すさまじい力と体の敏捷さ、荒々しい凶暴性、そしてこれら哺乳類が物真似を好むこと、どれも周知の事実である。この殺人事件の底知れぬ恐ろしさを私はただちに理解した。

「指の記述は」と私は読み終えながら言った。「このスケッチにぴったり一致する。ここで説明されているもろもろの種のうち、君が模写したこの凹みを作りえたのはオランウータンを措いてほかにないと思う。この黄褐色の毛の房も、キュヴィエの記述する獣の毛に符合する。だがそれでも、このおぞましい謎の細部が僕にはおよそ理解できないね。だいいち、言い争っている声は二つ聞こえたんじゃないのか。そしてひとつは疑いなくフランス人の男の声だった」

「そのとおり。そして、その声が発していたと何人もが証言していた言い回しも君は覚えているだろう――『神よ《モン・デュー》!』。これは叱り、諭《さと》しの表現だと一人の証人が（菓子屋のモンターニだ）言い表わしたのは状況から見てまことに正しい。そこで、主としてこの二語を頼りに、僕はこの謎の全面的解決への希望を組み上げていったわけさ。一人のフランス人男性が、殺人が犯されたことを認識していた。この人物が血なまぐさいやりとりにはいっさい加担しなかったという可能性はあるし、実際むしろその確率の方がはるかに高いと思う。オランウータンが彼の許から逃げ出したのかもしれない。彼はオランウータンを追ってあの部屋までたどり着いたのかもしれない。が、その後に生じた騒ぎから考えて、彼がその場でそれをふたたび捕獲したとは考えられない。オランウータンはまだどこかをうろついているのだ。だが当て推量をこれ以上進めるのはよそう。これはしょせんそれ以上の名では呼びようのないものだ。土台になっている推察は、およそ深みを欠いていて、僕自身の知性が承認できるようなものではないし、それに僕としてもこれを他人に理解可能なものにしようなどという気もない。だからあくまで当て推量と呼び、そういうものとして語ることにする。もしも件のフランス人の男が、本当に僕の思うとおり、あの惨劇に加担していないならば、昨夜帰り道に『ル・モンド』〔今日よく知られている新聞とは別〕に依頼したこの広告が（この新聞は船舶業を専門に扱っていて、船員たちによく読まれている）、彼を僕らの住居に導いてくれるはずだ」

私はデュパンに渡された新聞を読んでみた。

捕獲――今月〇日〔殺人事件の当日である〕早朝にブーローニュの森で、巨体で黄褐色のボルネオ種オランウータンを捕獲。これが己の所有物たることを立証し捕獲と保管に要した若干の費用を支払うことを条件に所有者（マルタ島商船所属の船員と確認）に返却する。フォーブール・サンジェルマン、――街――番地四階に来られたし。

「君、いったいどうして」と私は訊ねた。「男が船乗りで、マルタ島の船に所属しているだなんて知ってるんだ？」

「知ってやしないさ」とデュパンは言った。「確信はないよ。だがそれはともかく、このリボンの切れ端を見たまえ。形からして、そして脂汚れの具合からして明らかに、船乗りたちが好む長髪をうしろで束ねるのに使われたものだ。それにこの結び目は、船乗り以外に作れる者はめったにいないし、しかもマルタ島の人間に固有の結び方だ。僕はこれをあそこの避雷針の下で拾ったのさ。被害者どちらかの持ち物だったとは考えられない。そこで僕はこのリボンから、かのフランス人男性はマルタ島の船の船員だという推論を割り出したわけだが、かりにこれが間違っているとしても、広告にああ書いたことに害はあるまい。外れていても向こうは単に何かの勘違いだろうと考えて、わざわざそれについて訊ねたりはしないだろう。そしてもし正しいとすれば、大いに足しになるはずだ。この人物は、殺人に関して罪はないものの、事情を知ってはいるわけだから、広告に応えて名乗り出ること、オランウータンの所有権を主張することに当然ためらいを覚えるはずだ。きっと次のように考えるだろう。『俺は無実だ。そして貧しい。オランウータンは大きな値打ちがある。俺のような人間には一財産だ。危険を無駄に気に病んで、みすみす手放すなんて――奴はここに、手の届くところにいるんだ。ブーローニュの森で発見されたのか。あの虐殺の現場からずいぶん遠くで見つかったわけだ。知恵もない獣があの行為を犯しただなんて、誰にもわかりっこないじゃないか？　警察はお手上げ状態、わずかな手がかりさえ見つかっていない。かりに警察が奴の足どりをたどれたとしても、俺が事件のことを知ってるなんて証明できるわけはないし、知ってるからといって俺も連坐させて罪を問うたりはできないはずだ。何と言っても、俺は知られてしまった。この広告を出した人間は俺のことをオランウータンの所有者と認めている。こいつがどこまで知っているかはわからない。でも俺が持ち主だってことは知られているのに、これほど値打ちある所有物の権利を主張しなかったら、今度はオランウータンに疑いの目が向けられるだろう。俺としては、俺自身にもオランウータンにも注意を惹きたくはない。広告に応えてオランウータンを引きとろう。そうして、ほとぼりが冷めるまで隠しておくんだ』」

　この瞬間、階段をのぼってくる足音が聞こえた。

「ピストルの用意をしたまえ」とデュパンが言った。「だが僕が合図するまで使いも出しもするなよ」

　家の玄関扉は開けておいたので、訪問者は呼び鈴を鳴らさず中に入り、階段をすでに何歩かのぼっていた。ところがいま、彼は躊躇しているようだった。まもなく、階段を降りていく足音が聞こえた。デュパンがドアに飛んでいくと、彼がふたたび上がってくるのが聞こえた。今度は回れ右したりはせず、確固たる足どりでのぼって来て、我々の部屋のドアをノックした。

「どうぞ」とデュパンが明るく暖かい口調で言った。

一人の男が入ってきた。一目で船乗りとわかる、背の高い、筋肉隆々のがっしりした男で、ある種向こう見ずそうな表情を浮かべ、あながち感じが悪くもない顔立ちだった。すっかり陽焼けした顔は半分以上頬ひげと口ひげに隠されている。手には巨大な樫の棍棒を持っているが、それ以外は特に武装していないようだ。ぎこちなく一礼して、「こんばんは」と一言、フランス人らしい、いささか粗野ではあるがパリ育ちであることは十分わかる訛りで言った。

「お座りください」とデュパンは言った。「オランウータンの件でいらしたのですね。いやまったく羨ましいですよ。実に立派な、きっと大した値打ちの動物です。何歳ぐらいだと思われますか？」

何か耐え難い重荷がやっと降りた人間のように、ふうっと大きく息を吐いてから、落着いた口調で船乗りは答えた。

「何ともわかりかねますが、四歳、五歳より上ということはないでしょう。ここに置いていらっしゃるんですか？」

「いえいえ。ここには置いておけるような場所はありませんから。すぐそばのデュブール街の貸厩《かしうまや》に預けてあります。明日の朝に受けとれますよ。当然、あなたの持ち物だと特定できますよね？」

「ええ、もちろん」

「手放すのが残念ですよ」とデュパンは言った。

「ご尽力いただいて、何もお礼しないなんてつもりはありません」と男は言った。「当然のことです。見つけてくださった謝礼はお出しします――つまり、妥当な範囲で」

「そうですねえ」とわが友は答えた。「もちろんそれで結構ですとも。そうだなあ！――何をいただこうか？　そうだ！　これがいい。これを謝礼にいただきます。あなたが知る限りのことを話してくださるんです――モルグ街の殺人について」

最後の一句を、デュパンはひどく低い声で、ひどく静かに口にした。そして同じくらい静かにドアの方へ歩いていって、鍵を回してから抜き、ポケットにしまった。そうして胸からピストルを取り出し、いささかもあわてずテーブルの上に置いた。

呼吸困難に襲われたかのように、船乗りの顔に一気に血がのぼった。船乗りは立ち上がって棍棒を摑んだ。が、次の瞬間、ふたたび座り込んだ。体がぶるぶる震えていて、死そのもののごとき表情を浮かべていた。一言も喋らなかった。私は心底彼に同情した。

「心配は要りません」とデュパンは優しい口調で言った。「あなたは無用に動揺していらっしゃる。それには及ばないんです。我々はあなたに危害を加えようという気はこれっぽちもありません。紳士として、フランス人としての名誉にかけて、あなたに害を与える意志のないことを誓います。モルグ街の惨劇に関して、あなたに罪がないことを私は完璧に承知しています。とはいえ、ある程度それに関係していたことまで否定しても無駄です。これまで申し上げたことから、この件に関して私には情報を入手する手立てが――あなたには思いもよらぬ手立てが

——あったことはおわかりでしょう。さて、事態はこうです。あなたは避けようと思えば避けられたようなことは何ひとつしていない。少なくとも、法的に有罪となるようなことは何もしていない。金品を盗もうと思えば誰にも知られず盗めたのに、それすらしていない。あなたが隠すべきことは何もない。隠す理由もありません。一方、名誉という点から鑑みて、知っていることをすべて打ちあける義務があなたにはあります。目下、無実の男が一人投獄され、あなたが犯行者を名指しうる犯行の罪に問われているのですから」

デュパンがこうした言葉を発しているあいだに、船乗りはもうおおむね落着きを取り戻していた。だが当初の豪胆な様子はすっかり影をひそめていた。

「わかりました、すべてお話しします」と彼は少し間《ま》を置いてから言った。「ですが、申し上げることの半分も信じていただけないだろうと思います。そんなことを期待するのは愚かというものです。それでも、私は本当に無実ですから、どうなろうとにかく、一切合財お話しいたします」

船乗りの話をまとめれば、おおよそ次のようになる。彼は最近インド群島に旅した。一行はボルネオで上陸し、内陸の方へ物見遊山に出かけた。彼は仲間と二人で問題のオランウータンを捕獲した。やがて仲間が死んだので、オランウータンは彼一人の所有物となった。帰路の船旅中、獣がさんざん暴れて大いに苦労したがどうにか連れ帰り、パリの自宅に無事棲まわせるに至った。隣人たちの余計な穿鑿《せんさく》を招かぬよう、用心深く閉じ込めておき、船上で棘が刺さったのが元で生じたオランウータンの足の傷が治るのを待った。最終的には売るつもりだった。

事件の夜、というより未明、船員仲間と浮かれ騒いで帰ってくると、寝室の隣の小部屋にしっかり閉じ込めておいたつもりの獣が、監禁を破って彼の寝室に入ってきていた。手には剃刀を持ち、顔にたっぷりシャボンを塗って鏡の前に座り、ひげそりの作業を試みている。きっと以前、主人がこれを行なうのを小部屋の鍵穴から覗き見たにちがいない。かくも危険な凶器が、かくも狂暴な、かつそれを使う能力も十分有する動物の手中にあることにすっかり怯えて、船乗りはしばし途方に暮れていた。だがこれまで、どれだけ狂暴な気分のときでも、鞭を振ればいつも大人しくなっていたので、今回もこの手段に訴えた。鞭を目にしたとたんオランウータンは寝室のドアから外に飛び出し、階段を降りて、あいにく開いていた窓から表通りに出た。

船乗りは必死に追いかけた。オランウータンは依然剃刀を手に持ったまま、時おり立ちどまってはうしろをふり返り、迫ってくる男に向かって何かジェスチャーをしてみせた。じきに船乗りは、あと少しで追いつくというところまで近づいた。相手はまたも逃げていく。こうして長いあいだ追跡は続いた。もう午前三時に近かったので、あたりはひっそり静まり返っていた。モルグ街の裏道を通っている最中、屋敷の四階、マダム・レスパネエの部屋の開いた窓から漏れてくる光が脱走者の気を惹いた。獣はその建物の方に飛んでいき、避雷針を目にとめ、信じがたい敏捷さでよじのぼり、壁際まで目いっぱい開けてあった鎧戸を摑んで、ぐいっと回転し、一気にベッドの頭板に飛び移った。すべてをやってのけるのに一分とかからなかった。オランウータンが部屋に飛び込んだ弾みで、鎧戸はふたたび外に向けて開いていた。

一方船乗りは、喜びもし不安でもあった。オランウータンが捕まる見込みは大いに増した。わざわざ罠に飛び込んだようなものであり、まず逃げられはしないし、避雷針をふたたび使う手はあるがそうしたら降りてくるところを取り押さえればいい。一方、屋敷のなかで何をしでかすかと思うと気が気でない。この心配に促されて、男はさらに追っていくことにした。船乗りゆえ避雷針をのぼるのは何でもなかったが、はるか左にある窓の高さまでたどり着くと、ここで道は断たれた。体を思いきりのばしても、部屋のなかを覗き込むのが精いっぱいなのだ。そうして覗き込むと、あまりの恐ろしさに、危うく避雷針を握った手を離してしまうところだった。この時点で、あのおぞましい悲鳴が夜の街に響きわたり、モルグ街の住人たちを眠りから引きずり出したのである。夜着姿のレスパネエ母娘はどうやら、すでに述べた鉄製の金庫に入れる書類を整理していたらしく、金庫は部屋の中央まで引き出されていた。金庫は開いていて、中身が床に広げてあった。被害者二人は窓を背にして座っていたにちがいない。獣が室内に入ってから、悲鳴が上がった瞬間までに過ぎた時間から見て、おそらく二人は獣の侵入にすぐには気づかなかった。鎧戸がはためく音も、風のせいだと片付けたのだろう。

船乗りが見守るなか、巨体の動物はマダム・レスパネエの髪を摑み（櫛を入れたあとだったので髪は解かれていた）、床屋のしぐさを真似て彼女の顔の前で剃刀を振り回した。娘は床に横たわり、動かなかった。すでに卒倒していたのである。老婦人が悲鳴を上げ、暴れたことが

（その間に髪が頭部からむしり取られた）、おそらくは友好的であったオランウータンの気持ちを激しい怒りに変えた。逞しい片腕をさっと一振りし、オランウータンは婦人の頭部を胴体からほぼ切断した。血を見たことで、獣の怒りは狂乱と化した。歯をきしらせ、目から炎を発しながら、娘の体に飛びかかり、その恐ろしい爪を喉に食い込ませ、彼女が息絶えるまで力を緩めなかった。あちこちに狂おしく向けていた目が、この瞬間ベッドの頭部に止まり、その上に、恐怖に凍りついた主人の顔がかろうじて見えた。明らかに獣の頭には、恐ろしい鞭のことがいまだあり、怒りは瞬時にして恐怖に変わった。罰を受けるようなことをやったと自覚して、血まみれた行為を隠したがっているのか、獣はひどく興奮し動揺した様子で室内をぴょんぴょん飛び回った。跳ね回るなかで家具を投げ、壊し、マットレスをベッド枠から引き剝がした。そして締めくくりに、まず娘の死体をがばっと摑んで煙突に持っていき、発見されたときの状態に突っ込んだ。それから老婦人の遺体を持ち上げ、時を移さず窓から外へ放り投げた。

喉を切られた死体を持って獣が窓に寄ってきたとき、船乗りはぞっと身をすくませて避雷針に貼りつき、滑り落ちるようにして地面に降りて、家に逃げ帰った。さっきまではオランウータンの運命が心配だったが、惨劇から生じる事態を恐れるあまり、もうそれもどうでもよくなってしまった。階段をのぼって来た一行が聞いた言葉は、このフランス人船乗りが上げた恐怖と驚愕の叫びだったのであり、それに獣のおぞましいわめき声が混じっていたのである。

もはやつけ加えることはほとんどない。オランウータンはドアが破られる直前、避雷針を伝って逃げたにちがいない。窓は獣が外に出た勢いでひとりでに閉まったのだろう。こののちオランウータンは所有者本人によって捕獲され、パリの植物園《ジャルダン・デ・プラント》に高値で売られた。警視総監室で私たちが一部始終を（デュパンも若干のコメントを添えて）物語ると、ル・ボンはただちに釈放された。総監はわが友人に非常な好意を抱いていたが、このような結末には無念を隠しきれず、人はみな自分のすべきことだけやっているべきではなかろうかといったたぐいの皮肉を一つ二つ漏らさずにいられなかった。

「言わせておくさ」と、総監には何とも答える必要を感じなかったデュパンはあとで言った。「それで向こうの気が楽になるんなら、勝手に何とでも言うがいい。僕としては、奴の土俵で奴を負かしたことに満足している。この謎を解明できなかったことを本人は驚きと考えているようだが、それは違う。実のところ、我らが友の警視総監は、深遠な思考を行なうにはいささか悪知恵が回りすぎるのだ。ゆえに彼の叡智には、いわば雄蕊《おしべ》が欠けている。女神ラヴェルナ〔泥棒や悪漢の女神〕の絵と同じで、頭ばかりで体がない。あるいはせいぜい、魚のタラみたいに、頭と肩ばかりだ。でもまあいい奴ではある。それに、実に傑作なたぐいの物言いを得意とする。創意あふれる人物という評判もそのへんから来ているのだね。そう、奴は『あるものを否定し、ないものを説明する』*のさ」

＊原注　ルソー『新エロイーズ』より。

書写人バートルビー —— ウォール街の物語

Bartleby, the Scrivener: A Story of Wall-Street

（1853）

ハーマン・メルヴィル

Herman Melville

私はもうかなり歳の行った男である。過去三十年携わってきた職業ゆえ、なかなかに興味深く、いささか奇矯とも思われよう人間の一団に随分と接してきた。私の知る限り、この人物たちをめぐっては未だいかなる文章も書かれていない。他でもない、法律文書を書き写す、書写人たちのことである。仕事を通して、また個人的にも実に多くの人数を知ってきたから、その気になれば、気の好い紳士方の口許を綻《ほころ》ばせ、感傷に傾きがちな面々を涙させるようなさまざまな話を語ることもできる。だが今は、もろもろの書写人の物語はひとまず措いて、バートルビーの生涯における一幕を語ろうと思う。バートルビーは私が出会ったり話に聞いたりした誰にも増して奇妙な書写人であった。ほかの書写人たちが対象であれば、その全生涯を綴れもしようが、ことバートルビーに関しては、それはおよそ無理な相談である。この男の十全なる伝記を著すための素材は存在しないと私は信じる。これは文学にとって取り返しのつかぬ損失である。バートルビーの物語は、元来の源たる本人まで遡《さかのぼ》らぬことには何ひとつ確かめようのない物語だったのであり、この場合その源はおそろしく乏しかった。わが目で驚愕とともに見たもの、それがバートルビーについて私が知るすべてである。唯一の例外たる、ある漠とした風聞については、結末で触れる。

私の眼前に初めて現われた日のバートルビーを紹介する前に、私自身、使用人たち、仕事の内容、事務所、全体の環境などに関して若干述べておくのが妥当であろう。これから描こうとしている主人公を正しく理解していただくには、ある程度の背景説明が不可欠だからである。

まず第一に、私は若い頃からずっと、最も摩擦の少ない生き方こそ最良の生き方だと堅く信じてきた人間である。世間では私のような職業に携わる人間はやたらと血の気が多く激しやすく、時に怒りを爆発させたりする輩《やから》として通っているが、私はそんなふうに心の平安を乱されたことは一度もない。法律家としては凡《およ》そ野心を持たず、陪審に向かって堂々弁舌を揮《ふる》ったりもせず、いかなる形でも世間の喝采を浴びることなく、涼しい静寂に包まれた心地よい塒《ねぐら》に籠《こも》って、金持ちの所有する債券や抵当証書や権利証書に囲まれて安楽な商売に携わっている。私を知る者は皆、私のことをこの上なく無難な人物とみなしている。故ジョン・ジェイコブ・アスターも、めったに詩的な熱狂に駆られる人物ではなかったが、慎重さこそ君の最大の長所だ、第二の長所は几帳面さだ、と迷わず断言してくれた。これは自慢したくて言っているのではない。あくまで私が、故ジョン・ジェイコブ・アスターに仕事の依頼を受けていないわけではなかったという事実を記しておくために過ぎない。無論私としても、その名を繰り返し口にするのが悦びであることを認めるにやぶさかでない。丸みを帯びた、球状の音をその名は有し、あたかも金塊のような響きを備えている。さらに、進んで認めておくが、故ジョン・ジェイコブ・アスターに悪く思われてはいなかったことを私が意識していなかったと言えば嘘になる。

このささやかな物語が始まる時点の少し前、私の仕事は大きく拡張したところであった。ニューヨーク州では今日もはや存在しない、衡平法《こうへいほう》裁判所主事なる由緒ある職を私は授与されたのである。決して激務ではないにもかかわらず、有難いことに報酬は相当に豊かであった。私はめったに平静を失わない。世で為される過ちや非道を前にして、剣呑《けんのん》な憤慨に浸ったりすることはもっと稀である。だがこの件に限っては、無分別の誹《そし》りにも敢えて甘んじ、こう宣言することを許してもらわねばならない。即ち、新憲法によって衡平法裁判所主事の職が突如かつ強引に廃止されたこと、それは――時期尚早の決定であったと。私としては生涯にわたって利を被《こうむ》るつもりでいたのが、わずか数年恩恵を受けたのみに止《とど》まったのである。だがこれは余談。

私の事務所はウォール街――番地の二階にあった。一方の面は、建物を上から下まで貫いた、大きな採光用の縦穴の白い内壁に面していた。この眺めは、どちらかといえば生彩を欠いた、風景画家たちの言う「生気《ライフ》」に乏しいものと思えたかもしれない。だがそうだとしても、事務所のもう一方の面に目を移せば、少なくとも対照のようなものは得られた。そちらの方角の窓からは、堂々たる高さの、年月と恒久的な日蔭のせいですっかり黒ずんだ煉瓦壁が、何ものにも遮られず見渡せたからである。そこにひそむ美しさを引き出すには小型望遠鏡も無用であったが、近眼の見物人たちの便《べん》を図って、壁は我が事務所の窓ガラスの三メートル以内まで押し出されていた。周囲の建物がどれも非常に高層であり、私の事務所は二階にあるため、この壁と我が事務所の壁とに挟まれた空間は、巨大な四角い貯水槽に少なからず似ていた。

バートルビーの到来直前の時期、私は二人の人物を書写人として、また将来有望な若者を一人使い走りとして雇用していた。第一にターキー、第二にニッパーズ、第三にジンジャー・ナット。どれも人名録ではあまりお目にかからぬ名と思えるかもしれぬが、実はいずれも渾名《あだな》であり、三人の使用人がたがいにつけ合った、それぞれの外見なり人柄なりをよく伝えていると評された名である。ターキーは背の低い、肥満体の、私とほぼ同年輩、つまり六十に遠くない英国人。午前中のターキーの顔は、いかにも血の巡りの良さげな健康な色艶を帯びていると言ってよかったが、彼にとっての正餐《せいさん》の時たる正午を過ぎると、その顔はクリスマスの石炭を一杯に入れた暖炉のように燃えさかった。そしてそのまま、六時かそこらまではいわば徐々に翳《かげ》りを見せつつもなお燃えつづけたが、その後についてはもはやその所有者を目にしなかったため何とも言えない。太陽とともに子午線に達するこの顔は、太陽とともに沈み、翌日もまた太陽とともに、太陽に劣らぬ規則正しさと華々しさとともに昇り、頂点に達し、ふたたび下降していくように思えた。長い人生、私もいろいろ奇異な偶然の一致を見てきたが、中でもこの、ターキーがその赤く輝く面相からこれ以上はないという程の光を発する正にその危機的瞬間、彼の仕事の能力がその日の終わりに至るまで続く深刻な混乱に陥りはじめるという事実は、その最も奇異な部類に属す例ではないかと思う。すっかり怠けてしまう訳ではないし、仕事を嫌がるというのでも全然ない。むしろ、あまりに血の気が多すぎることが問題なのである。不可解な、火が点いたような、混沌とした、向こう見ずな無謀さがその行動を彩った。ペンをインク壺に浸す動作も乱暴になった。ターキーが書類につけた染みは、すべて正午以降に生じたものばかりであった。実際、午後には乱暴さが目立ち遺憾ながら染みも多いのみならず、日によってはその上、相当に騒々しくもなった。かような時は、無煙炭に燭炭《しょくたん》を重ねたかのように、その顔も一層盛大に燃えさかった。椅子を動かして不快な騒音を立てる。インクを乾かす砂入れの砂をこぼす。ペンを削ろうとして、気が急《せ》くあまりバラバラに折ってしまい、カッとなって床にばらまく。立ち上がって机の上に屈み込み、書類を叩きまくる。彼のような年配の人物がそうした品位を欠く挙動に走るのを見るのは、ひどく切ないものがあった。にもかかわらず、多くの面で彼は私にとって非常に貴重な人物であった。正午以前は常に、誰よりも迅速かつ安定した仕事ぶりを示し、容易には匹敵しがたい見事さで大量の作業をやってのけた。それゆえ私も彼の奇癖を大目に見るにやぶさかでなかったが、それでも時折、苦言を呈しはした。ただし、口調はあくまで物柔らかに——というのもこの男、午前中は比類なく礼儀正しい、どこまでも慇懃《いんぎん》、恭《うやうや》しい態度を決して崩さぬ人物なのだが、午後は下手に刺激すると、言葉遣いもいささか無分別、否、無礼と言っていいほどに変貌するのである。朝の有能さは私としても大いに尊重するし、それを手放す気は毛頭なかったが、同時に、十二時以降の発火したがごとき有様には心穏やかでなかった。和を尊《たっと》ぶ人間として、下手に説教して気まずく言い返されるのも嫌なので、ある土曜の午後(土曜は普段より悪化するのが常であった)、どこまでも親身な口調で、もうそろそろ歳なのだから仕事時間を短くしてはどうかと持ちかけてみた。十二時過ぎは事務所へ来るには及ばない、家に帰って夕食までゆっくり休むのが最善ではないか、そう言ってみたのである。ところが相手は、午後も来ると言って聞かない。その面相をすさまじく熱くして、堂々たる演説調で、長い定規を振り回して部屋の向こう側を差し示しながら、午前中の手前の仕事がそれほど有用であるのなら午後の仕事も不可欠なのでは？　と弁じた。「恐れながら、旦那様」とターキーはそのとき言った。「手前、旦那様の腹心を以て任じております。午前中の手前は縦隊を整列させ、配置するに過ぎませぬ。しかし午後には、隊の先頭に陣取り、勇猛果敢に敵に襲いかかるのです。このように！」――そして定規を乱暴に突き出すのであった。

「でも染みが、ターキー」と私はおずおずと言った。

「仰有《おっしゃ》る通りです。しかし、恐れながら旦那様、この髪をご覧下さい！　手前ももう歳なのです。暖かい午後に生じる染みの一つや二つくらい、この白髪に思いをいたせば、厳しく責め立てるべきものではありますまい。老年とは、たとえ紙の上に染みをもたらそうとも、敬意を受けて然るべきもの。恐れながら旦那様、私たちは二人ともも歳なのです」

かように仲間意識に訴えられては、こちらとしても強くは出られない。いずれにせよ、ターキーに去る気がないことは明らかであった。彼を留まらせることに私は決めたが、午後にはなるべく重要でない文書を扱わせようと肝に銘じもした。

我がリスト第二の人物たるニッパーズは、頬ひげを生やした、黄ばんだ顔色の、全体としていささか海賊の如き雰囲気の漂う、歳の頃二十五前後の青年であった。私は常々ニッパーズのことを、二つの悪しき力の犠牲者と見ていた――野心と、消化不良の。一書写人の責務に甘んじることを潔《いさぎよ》しとせず、法律文書を一から作成するなど、専門の者にのみ許される職務に不法に手を出そうとするあたりにその野心は見てとれた。消化不良の方は、時折気を荒立て突慳貪《つっけんどん》な態度になり、歯を剝《む》いて苛立ちを露《あらわ》にし、書写において犯した過ちをめぐって歯をぎしぎしと、傍《はた》からも聞こえるほど軋《きし》ませるところに表われているように思えた。興奮気味に仕事に携わるさなか、口にするというよりは歯の隙間《すきま》から漏れてくる無用な呪詛《じゅそ》、なかんずく仕事机の高さをめぐる絶えざる不満にもそれは露呈していた。大変器用で、大工仕事にも長《た》けているというのに、机だけはどうしても満足の行くものにすることができないのだ。脚の下に木切れを挟んでみたり、あれこれの塊を入れてみたり、ボール紙も押し込んでみたし、挙げ句の果てに畳んだ吸い取り紙を差し入れて微調整を企てもした。だがいかなる創意工夫も功を奏しなかった。腰を楽にしようと、机の上蓋を顎に届きそうになるほど急角度に持ち上げ、オランダの家屋の険しい屋根を机に使っている男の如き姿勢で書いてみれば、両腕の血の循環が止まってしまうと愚痴る。そこで今度は、机をズボンのベルトのあたりまで下げて、上から覆いかぶさるようにして書くと、腰が痛んで仕方ない。要するに、実のところニッパーズは、自分が何を欲しているのか判らなかったのである。或いは、何か欲していることがあるとすれば、それは書写机を綺麗さっぱり取っ払ってしまうことに他ならなかった。その病める野心の示す徴候のひとつとして、怪しげな上着をまとった、胡散《うさん》臭い人物たちの訪問を嬉々として受けるという事実があった。それらの訪問者を、ニッパーズは己の顧客と称していた。実際、彼が相当の策略家であるのみならず、治安判事裁判所でも時折若干のビジネスに手を染めており、刑事裁判所において少しは名の通った存在であることは私も承知していた。しかしながら、彼を訪ねて私の事務所に来る者のうち一人は、ニッパーズ自身は顧客だと唱えて憚《はばか》らなかったものの、実はただの借金取りであり権利証書と称していた紙も請求書に過ぎなかったと私は信ずるものである。けれど欠点は多々あれ、そしていろいろ煩わしい思いは味わわされても、相棒のターキー同様、ニッパーズも私にとって大変有用な人物であった。字は綺麗だし、書くのも速い。その気になれば紳士らしい振舞いも立派にやってのける。これに加えて、服装も常に紳士然としていたから、我が事務所の信用を高める上でも一役買っていた。これがターキーとなると、とにかくこっちの名誉を汚されぬようにするだけで一苦労である。着ている服はしばしば油まみれ、安食堂の匂いをぷんぷんさせている。夏にはひどくだらしないだぶだぶのズボンを穿《は》いてくる。上着となるともう最悪で、帽子は触るのもおぞましい代物。まあ帽子はどうでもよい。根っからの英国人としての礼儀正しさゆえ、室内に入ってきた途端必ず脱ぐのだから。だが上着はそうは行かない。これに関してはこっちも相当に理を説いたのだが、一向に効き目はなかった。実のところ、かくも乏しい収入では、輝かしい顔色と輝かしい上着を同時に保つのは至難の業《わざ》だというのが真相だったのであろう。あるときニッパーズも述べた通り、ターキーの金はあらかた「赤インク」〔安物の赤ワインの意〕に注ぎ込まれたのである。ある冬の日、私はターキーに、私自身の、なかなか上等な上着を贈った。詰め物を入れた灰色の上着で、大変に温かく、膝から首までぴったりボタンで留めることができる。これならターキーも少しは有難がってくれて、午後の無謀ぶり、騒々しさを改めてくれるものと私は当て込んだ。だがそうは行かなかった。あいうふかふかの、毛布のような上着を着てぴっちりボタンを留めたことは、彼に有害な影響を及ぼしたと私は本気で信じている。多すぎるオート麦は馬に悪い、というのと同じ理屈である。実際、聞き分けのない落着かぬ馬に対してオート麦が及ぼすとされるのと同種の変化を、上着はターキーに及ぼした。それは彼を無礼にした。ターキーは豊かさによって損なわれる類いの人物であった。

ターキーの悪癖に関しては私にも持論があったが、ニッパーズに関しては、他の面でいかなる欠陥があるにせよ、とにかく一応節度ある、酒に溺れたりもせぬ青年だと確信していた。ところが彼の場合、母なる自然が酒を与えてくれたのか、生まれながらにして、かくも激しやすい、ブランデーの如き気性を根っから染み込まされていたがゆえ、もう一生、わざわざ飲酒には及ばなかったのである。我が事務所を静寂が覆うさなか、時折苛立たしげに椅子から立ち上がり、机の上に屈み込んで、両腕を大きく広げ、机全体をがばと掴み、動かし、ぐいと引く。まるで机がつむじ曲がりの、意志を有する存在であって、彼をとことん邪魔し、苛つかせてやろうとしているかのように、ニッパーズは厳めしい顔でずるずると机を引きずる。そんな姿を見るにつけ、ニッパーズにとって水で割ったブランデーなどおよそ余計でしかないことを私は痛感するのである。

消化不良という彼特有の原因ゆえ、ニッパーズの苛つきと、そこから生じる興奮とが主として午前中に目につき、午後の彼が比較的穏やかだったのは私にとって幸いであった。ターキーの発作は十二時にならないと生じなかったから、私が二人の奇癖に同時に対処する破目になることは一度もなかったのである。二人の激情は、衛兵の交替のごとくたがいに引き継ぎあった。ニッパーズが当番の際は、ターキーは非番。逆もまた真。贅沢を言えばきりがないが、ひとまず悪くない組み合わせであった。

　我がリスト第三の人物ジンジャー・ナットは、十二かそこらの少年であった。父親は生前、荷馬車の御者をしており、息子は御者台でなく裁判長席に座らせたいという野心を抱いていた。そこでこの息子を、法律見習い、使い走り、掃除人として週給一ドルで働かせるべく私の許に送ってよこしたのである。ジンジャー・ナットは自分用の机も与えられていたが、これはあまり使わなかった。見てみると、引出しにはさまざまな種類のナッツの殻がぎっしり詰まっていた。実際、この頭のよく回る少年にとって、法学という気高い学問全体がナッツ一個の殻の内に収まっていた〔「簡潔に要約されていた」の意の成句〕のである。ジンジャー・ナットに課されたなかでもかなり重要な、本人もすこぶる積極的に実行した職務に、ターキーとニッパーズにクッキーと林檎を調達するという任があった。法律文書の書写というのは、世に知られる通り無味乾燥にして空虚な作業であるからして、我が二人の書写人も、税関と郵便局の近くにずらりと並ぶ屋台で売っているスピッツェンバーグ林檎で口を潤すのが常であった。また二人は、始終ジンジャー・ナットに命じて、正にその渾名の出所《でどころ》ともなった、あの奇妙な、小さくて平べったくて丸い、ひどく辛味の効いたクッキーを買いに行かせたものであった。仕事もさしてない寒い朝など、ターキーはこれらのクッキーをウエハースか何かのように——実際七、八個で一セントの値なのだ——何十個と貪《むさぼ》り、彼のペンが擦《こす》れる音と、口のなかでパリパリ嚙む音が混ざりあうのだった。ターキーが午後の激情ゆえに犯した数々のへま、混沌たる無謀ぶりのなかでも特筆すべきは、あるときジンジャーナッツ・クッキーを両唇に挟んで濡らし、抵当証書に証印としてぺったり貼りつけたことであろう。このときはさすがの私も、危うく彼を解雇するところであった。だが彼は、東洋風に深々と頭を下げ、「恐れながら旦那様、手前が自腹を切って文具を用意して差し上げたのは、我ながら気前の良いことと申し上げねばなりません」と言ってのけたのである。これにはこっちの怒りも霧散せざるを得なかった。

さて、我が法律事務所の元来の業務は、不動産譲渡取扱、土地財産所有権取扱、その他諸々の晦渋《かいじゅう》な文書の作成であったが、主事職を得たことで相当に規模も拡大することとなった。書写の仕事も一気に増えた。既に雇用している書写人を急き立てるだけでは足りず、更なる人手が必要となった。募集の広告に応えて、ある朝、一人の微動だにせぬ青年が事務所の入口に立っていた。折しも時は夏、扉は開いていたのである。今もその姿が目に浮かぶ——生気なく小綺麗で、痛々しいほどきちんとした、癒しようもなく寄るべない人！　それがバートルビーであった。

経験や資格について若干訊ねたのち、私は彼を雇うことにした。我が書写人の一団のなかに、かくも並外れて落着いた様子の人物を加えることができて、私は気をよくした。ターキーの激しやすさ、ニッパーズの気の荒さに、良き影響を及ぼしてくれるのではと思ったのである。

既に述べておくべきであったが、事務所は磨《す》りガラスを嵌《は》めた折り戸によって二つの空間に分割されており、一方は書写人たちが、一方は私が使っていた。気分に応じて私はこれらのドアを開け放したり閉めたりしていた。そしてバートルビーの定位置として、折り戸付近の、ただし私の側に彼を据えることに決めた。こうすれば、何か雑用が生じた際、この物静かな男にたやすく声をかけられる。部屋のその部分に設《しつら》えられた小さな横窓にぴったりくっつけて、彼の机を置いた。元来この窓からは、薄汚い裏庭や煉瓦が横並びに見渡せたのであるが、その後さらに建物が建ったせいで、今では光こそまだ少し入るものの、もう何の眺めもなくなっていた。窓ガラスから一メートルと離れていないところに壁があって、光は二つのきわめて高い建物の間、ずっと上の方から、さながら丸天井に開けたごく小さな穴から降ってくるかのように注いでいた。さらに便をよくしようと、背の高い緑色の折り畳み式衝立《ついたて》を用意し、バートルビーの姿がこっちからは見えなくする一方、こっちの声は彼に届くように計らった。このようにして、プライバシーと仕事上のつながりとを両立させたのである。

はじめのうち、バートルビーは驚くべき量の書写を行なった。書き写すべきものに長いこと飢えていたかのように、私の与える書類を貪り喰らわんばかりの勢いであった。消化のために手を休めたりもしない。日夜休みなく運行を続け、陽光の下で書写し、蠟燭の光を頼りに書写した。これでもっと陽気に仕事に励んでくれていたなら、その熱心さに私としても大満足だったであろう。だが彼は無言のまま、生気なく、機械的に書きつづけた。

言うまでもなく、書き写した文書の正確さを一語一語点検することは、書写人の仕事の欠かせぬ一環である。一般に、書写人が複数勤務している場合は、一方が写しを読み上げ一方が原文を手に持ち、協力して点検するのが慣《なら》わしである。これはひどく退屈で、くたびれる、盛り上がりを欠く作業である。血の気の多い気性の持ち主には凡そ耐え難い作業であることは容易に想像がつく。例えばあの血気盛んな詩人バイロンが、バートルビーと一緒に座って、ちまちました筆跡で書かれた五百ページに及ぶ法律文書を、嫌がりもせず吟味したとは到底思えない。

時折、仕事が忙しいときなど、短い文書であれば、ターキーかニッパーズを呼び入れて自分でこの作業を手伝うのが私の習慣であった。衝立のうしろの便利な位置にバートルビーを据えたのも、ひとつにはこういうちょっとした場合に起用するのが狙いであった。確か彼を雇って三日目だったと思うが、未だ彼自身の書写を点検する必要が生じる前のこと、手元の小さな書類を急いで片付ける必要に迫られて、私はさっそくバートルビーを呼んだ。何しろ急いでいたし、当然相手は言われた通りに動くものと決めてかかっていたから、座ったまま、机の上に置いた原文の上に屈み込んで、衝立の奥から出てきたバートルビーが直ちにそれを受け取って作業を始められるようにと、写しを持った右手をせかせかと横に突き出した。

正にそういう姿勢で、私は彼に声をかけ、早口で要求を伝えた。この短い文書を私と一緒に点検せよ、と。私の驚きを、否、驚愕を想像してほしい。何とバートルビーは、衝立の奥から動きもせず、不思議と穏やかな、きっぱりした口調で「そうしない方が好ましいのです《アイ・ウド・プリファー・ノット・トゥ》」と答えたのである。

　私は、しばし言葉を失ったまま、唖然として停止している頭を叱咤《しった》した。すぐに浮かんだのは、こっちが聞き間違えたのだ、でなければバートルビーが私の意向を勘違いしたのだという思いであった。そこで、この上なく明瞭な言い方で私は要求を繰り返した。だが等しく明瞭な言い方で、さっきの「そうしない方が好ましいのです」という答えが返ってきた。

「そうしない方が好ましい」と私は鸚鵡《おうむ》返しに言いながらカッとなって立ち上がり、大股で部屋の向こう側に歩いていった。「どういう意味だ？　気でも狂ったのか？　さあ、この書類を点検するのを手伝うんだ。受け取りたまえ」私は紙を彼の方に突き出した。

「そうしない方が好ましいのです」と彼は言った。

　私はじっと彼を見た。ほっそり痩せた顔、灰色の瞳は翳りある落着きを湛《たた》えている。気が昂《たか》ぶっている様子は微塵《みじん》もない。あれでほんの少しでも、不安、怒り、苛立ち、不遜などがその物腰から感じられたなら、要するに少しでも人並みに人間らしさが漂っていたなら、私は間違いなく彼を叩き出していたことだろう。だが実際には、そうしようという気は、事務所に飾られたキケロの青白い焼き石膏の像を追い出す気にならぬのと同様、まるで起こらなかった。私はしばし立ちつくし、黙々と書写を続けているバートルビーに見入っていたが、やがて自分の机に戻った。何と奇妙なことか。どうしたらいいのか？　だが仕事は急を要する。この問題はひとまず忘れて、あとでまたゆっくり考えることにした。隣の部屋からニッパーズを呼んで、大急ぎで書類を点検した。

この数日後、バートルビーは四通の長い文書を完成させた。衡平法裁判所の主事職となった私の眼前で行なわれた、一週間にわたる証言の同一の写し四通である。これを点検しないといけない。重要な訴訟であり、厳密に正確を期す必要がある。準備を一通り済ませてから、ターキー、ニッパーズ、ジンジャー・ナットを隣の部屋から呼び入れた。四人の使用人に一通ずつ写しを持たせ、私が原文を読み上げるつもりだったのである。かくしてターキー、ニッパーズ、ジンジャー・ナットがそれぞれ文書を手に一列に並んで席に着いたところで、この味わい深い一団に加わらせようとバートルビーを呼んだ。

「バートルビー！　早くしたまえ、待っているんだぞ」

椅子の脚がゆっくりと、絨毯を敷いていない床を擦《す》る音が聞こえ、じきにバートルビーが、己の庵《いおり》の入口に現われた。

「何のご用で？」と彼は穏やかに言った。

「写しだ、写し」と私はせかせかと言った。「みんなで点検するんだ。さあ」――私は四つ目の写しを彼の方に差し出した。

「そうしない方が好ましいのです」と彼は言って、衝立の奥へと静かに消えた。

私はしばし塩の柱と化し〔ソドムの町から逃げる際に神の言いつけにそむいてふり返り塩の柱と化した「ロトの妻」への言及〕、並んで座った使用人たちの先頭に立っていた。我に返ると、衝立の方に進んでいって、かくも尋常ならざる行動の説明を求めた。

「なぜ拒むのだ？」

「そうしない方が好ましいのです」

他の誰が相手だったとしても、私はきっと即刻恐ろしい激情に駆られ、それ以上言葉などに頼らず、そいつの首根っこを捕まえて叩き出したことだろう。だがバートルビーにはどこか、不思議と私の怒りを解いてしまうばかりか、何とも妙なことに、私の心を打ち、私を狼狽《うろた》えさせるところがあった。私は彼に向かって理を説きはじめた。

「いまこうしてみんなで点検しようとしているのは、君自身が作った写しなのだよ。こうすれば君の手間も省ける。一回やれば四通全部点検できるのだからね。まったく普通の習慣だ。書写人は皆、自分の写しの点検に加わらねばならぬ。そうだろう？　君、何とか言わんのかね？　答えたまえ！」

「そうしない方が好ましいです」と彼はフルートのような声音で答えた。私が話している間、その一言一言をじっくり吟味しているように見えた。意味もきちんと理解している。反駁《はんばく》しようのない結論を、否定したりはできぬはずだ。が、と同時に、何か別の、何ものにも優る理由が彼にはあって、それゆえそう答えたのである。

「では、私の要求に従わぬ気なのだな――習慣と常識に則《のっと》って為された要求に？」私の理解が正しいことを、彼は簡潔に伝えた。その通り、彼の決断は覆しようのないものであった。

前代未聞の、およそ筋の通らぬやり方で威嚇されたとき、人はしばしば、己の最も明白なる信念すら揺らいでしまう。言ってみれば、信じ難いことではあれ、正義も道理もすべて向こう側にあるのではという気が、何とはなしにしてくるのだ。そこで、誰か第三者が居合わせたなら、怯《ひる》む自分の気持ちを支えてもらおうと、その人物の助けを人は仰ぐのである。

「ターキー」と私は言った。「君はどう思うかね？　私の言うことは間違っているだろうか？」

「恐れながら、旦那様」とターキーは、彼の最高に物柔らかな口調で言った。「間違ってはいらっしゃらないと思います」

「ニッパーズ」と私は言った。「君はどう思う？」

「こいつを蹴飛ばして追い出してやるのがいいと思いますね」

(賢明なる読者はここで、今が午前中であるためターキーの返答は礼儀正しく落着いた口調に包まれ、ニッパーズは喧嘩腰で答えていることを看取《かんしゅ》なさるであろう。或いは、先程の表現を繰り返すなら、ニッパーズの不機嫌は当番、ターキーのは非番だったのである。)

「ジンジャー・ナット」と私は、最も小さな賛意まで動員せんとして言った。「君はどう思うね？」

「こいつ、キじるしだと思います」とジンジャー・ナットはニヤッと笑って言った。

「聞こえただろう、みんなが言ったことが?」と私は、衝立の方に向き直りながら言った。

「さあ、出てきて務めを果たしたまえ」

しかし彼は何の答えも返してこなかった。私は束の間、ひどく困惑して考え込んだ。だがここでもまた、仕事は急を要した。私はふたたび、この難題についてはいずれゆっくり考えることにした。若干手間はかかったが、我々はバートルビー抜きで点検を行なった。もっとも、ターキーは一ページか二ページごとにこのようなやり方は常識外れではなかろうかという意見を恭しく漏らしたし、ニッパーズは消化不良の苛々ゆえに椅子の上でもぞもぞ体を動かし時折食いしばった歯の隙間から衝立の陰の強情な阿呆への呪詛を吐き出して、他人の仕事をただでやるなんて絶対これが最初で最後だと息まいた。

一方バートルビーは、己の庵に留まり、自らの仕事以外は一切知らぬ顔であった。

何日かが過ぎた。その間《かん》バートルビーは別の長い仕事に携わっていた。先日あんな奇行に走ったものだから、彼の行動を私もじっくり観察していた。彼がまったく食事に出ないことを私は見てとった。そもそも、全然どこにも出かけないのだ。私の知る限り、これまでのところ一度として事務所の外に出ていない。さながら、部屋の隅に陣取った終日勤務の歩哨である。ただし、午前十一時頃、ジンジャー・ナットがバートルビーの衝立の隙間の方へ、私の位置からは見えない仕草《しぐさ》によって音もなく呼ばれたかのように寄っていくのが目に止まった。そしてジンジャー・ナットは一セント銅貨をじゃらじゃら言わせながら事務所から出ていき、ジンジャーナッツ・クッキーを一握り抱えて帰ってきて、俺に配達し、駄賃としてクッキーを二つ受け取った。

つまりこの男は、ジンジャーナッツを糧に生きているのだ。まともな食事は一切摂《と》らない。では菜食主義者に相違ない――いやそれも違う、野菜すら全然摂らず、ジンジャーナッツしか食べないのだから。やがて私の心は、ひたすらジンジャーナッツのみで生きることが人間の体質に及ぼし得る影響をめぐる夢想に迷い込んでいった。ジンジャーナッツがそう呼ばれるのは、生姜《ジンジャー》がその一材料でありその味を決定している要因であるからに他ならない。さて、生姜とは何か？　ピリッと辛い食物である。バートルビーはピリッと辛いか？　全然そうではない。ということは、生姜はバートルビーに対し何ら影響を及ぼしていない。おそらく本人としても、影響がない方が好ましいのであろう。

消極的抵抗ほど、真面目な人間にとって腹立たしいものはない。もしそのように抵抗を受けた人間が不人情な性格ではなく、抵抗する側がその消極性においてあくまで無害であるなら、受ける側が特に不機嫌でもない限り、理性によって判断し得ぬものは、想像力を働かせて好意的に解釈するよう努めるであろう。私も概《おお》ね、正にそのようにしてバートルビーの言動を眺めてみた。気の毒に！　と私は考えた。別に悪意はない男なのだ。非礼を意図していないことは明らかだ。あの容貌を見れば、ああした奇癖が本人の意志に拠《よ》らぬものであることははっきり判る。彼は私にとって有用な人物である。彼と一緒にやって行くことに私としても異存はない。もし締め出してしまったら、きっと私ほど寛容でない雇用主に出会って、乱暴な扱いを受け、追い出されて食うにも事欠いてしまいかねない。そうなのだ。これは私にとって、甘美な自己礼賛を安価に手にする好機である。バートルビーの味方となって、あの奇妙な強情を許してやることで、ほとんど何の費用もかけずに、己の魂のなかに、やがて我が良心にとって快い馳走《ちそう》となるに違いないものを蓄えることができるのだ。だがそんな私も、常にそうした気分を保てた訳ではなかった。バートルビーの消極性は時として私を苛立たせた。そんな折は、新たに彼と対峙すべきではないか、私自身の怒りに見合った怒りの火花を彼から引き出すべきではないのか、なぜかそういう気持ちに駆られた。とはいえそんなことをしても、拳骨《げんこつ》でウィンザー石鹸を叩いて火を熾《おこ》そうとするようなものであったろう。だがある日の午後、私は悪しき衝動の虜《とりこ》となって、以下の如きささやかな悶着を起こしたのだった。

「バートルビー、その書類を写し終わったら、私が一緒に点検することにしよう」

「そうしない方が好ましいのです」

「どうしてだ？　君まさか、そんな強情な我がままをいつまでも続けるつもりじゃあるまい？」

返答なし。

私はそばにある折り戸をがばっと開け、ターキーとニッパーズの方を向いて口走った――

「バートルビーがまた言ってるんだ、自分の書類を点検する気がないと。どう思うかね、ターキー?」

念を押しておくが、これは午後のことであった。ターキーは真鍮製のボイラーのように赫々《あかあか》と熱を発し、禿げた頭から湯気を立て、両手は染みのついたもろもろの書類の只中を動き回っていた。

「どう思うかですと?」とターキーは吠えた。「衝立の向こうへ行って、両目とも青タンを作ってやろうと思いますね!」

そう言いながらターキーは立ち上がり、両腕をさっと拳闘家のように構えた。発言を実行に移そうと飛んで行きかけたので、昼食後にターキーの闘争心を呼び覚ましてしまったことに動転しつつ、私は何とか押しとどめた。

「座りたまえ、ターキー」と私は言った。「まずはニッパーズの意見を聞こうじゃないか。どう思うかね、ニッパーズ? バートルビーを直ちに解雇することは妥当ではないだろうか?」

「失礼ながら、それは先生がお決めになることです。確かに彼の振舞いはきわめて異例であり、ターキーと私に関して言えば不当ですらあると思います。ですがそれも一時の気紛《きまぐ》れかもしれません」

「ふうむ」と私は叫んだ。「では君、なぜか気が変わったのだな。随分と優しくなったじゃないか」

「ビールのせいですよ」とターキーが喚《わめ》いた。「優しいのはビールの御蔭です。今日ニッパーズと一緒に昼食を取ったのです。手前が実に優しいこともご覧の通り。では、青タン作ってきましょうか？」

「つまりバートルビーのことだね。いやターキー、今日は止《よ》しておこう」と私は答えた。「さあ、その拳骨を引っ込めてくれたまえ」

私は折り戸を閉めて、ふたたびバートルビーの方に近づいていった。今や私は、破局へと私を押す更なる唆《そその》かしを胸に感じていた。もう一度反抗を受けたくて、私はうずうずしていた。バートルビーが絶対に事務所から出ないことを私は思い出した。

「バートルビー」と私は言った。「ジンジャー・ナットは出かけている。ちょっと郵便局に行って（局まではほんの三分である）、私宛てに何か届いていないか見てきてくれないか？」

「そうしない方が好ましいのです」

「する気がないのか？」

「しない方が好ましいです」

私はよろよろと机に戻り、すっかり考え込んでしまった。見境なき執念深さが戻ってきた。まだ他に、この痩せた文なしの人物に――私が雇ってやった男に――屈辱的に撥《は》ねつけられるための手立てはあるだろうか？ 他にも何か、完璧に道理に適《かな》った、しかし彼がきっと拒むであろう要求はあるだろうか？

「バートルビー！」

答えなし。

「バートルビー」さっきより大声。

答えなし。

「バートルビー」と私は怒鳴った。

幽霊そのものの如く、呼び出しの呪文の掟通り三度目に呼ばれたところで、彼は庵の入口に現われた。

「隣の部屋へ行って、ニッパーズにここへ来るよう言ってくれ」

「そうしない方が好ましいです」と彼は恭しく、ゆっくりと言って、穏やかに姿を消した。

「結構、バートルビー」と私は、静かに、落着きと厳格さを兼ね備えた、何か恐ろしい報復が今にも取り返しようなく実行されんとしていることを仄《ほの》めかす冷静沈着な口調で言った。事実この瞬間には、私も半ば本気でそんな気になっていたのである。だがまあここは、じき夕食の時間でもあることだし、当惑と心労を抱え込んではいるが、ひとまず帽子を被って家に帰るのが賢明と決めた。

認めざるを得まい、こうした遣り取りの結果を――程なくして、以下が我が事務所の動かざる事実となったのである。バートルビーという名の青白い若き書写人が事務所に机を与えられ、相場通り一フォリオ（百語）四セントで文書の書写を行なうけれども、自分のやった仕事の点検は恒久的に免除されて、その作業はターキーとニッパーズに、彼らの方が眼力が鋭いからという名目で委ねられ、さらに、どんなに些細な使い走りの用事にも決して出されず、仮にそうした用事を頼み込んだところで、彼にとってはそうしない方が好ましいだろうというのが——要するにあっさり拒むだろうというのが——全体の了解となったのである。

日が経つにつれて、私はバートルビーの存在をそれなりに受け入れていった。堅実で、遊びごとにも一切手を出さず、絶えず勤勉に働き（衝立の奥で立ったまま夢想に耽《ふけ》る時は例外であるが）、この上なく静かで、いかなる状況でも一向にその挙措《きょそ》が変わらぬ等々のゆえに、誠に貴重な人材であったのだ。何より有難いのは、彼が常にそこにいることであった。朝一番にもいるし、一日中ずっといるし、夜も最後までいる。彼の正直さに私は全幅の信頼を寄せた。どんなに大切な書類も、彼に委ねれば安心だった。確かに時たま、いかに堪《こら》えても、彼相手に癇《かん》癪《しゃく》を起こさずにはいられない。ああしたもろもろの奇癖、特権、前代未聞の免除が、バートルビーからすればこの事務所に留まる上での暗黙の条件であることを常に忘れずにいるのは、実際至難の業であった。時折、早急の用事に急き立てられるあまり、ついうっかりバートルビーを呼びつけてしまう。早口でぶっきらぼうに、この書類を束ねたいからこの赤紐の結び目を押さえていてくれ、などと口走ってしまう。無論、衝立の向こうからはいつもの「そうしない方が好ましいです」が返ってくる。そんなとき、人並みに欠点も抱えた人間が、そのような天邪《あまのじゃ》鬼《く》、そのような理不尽さに対してどうして怒りの叫びを上げずにいられよう？　とはいえ、そうやって拒絶に会うたび、同じ過ちを私がその後繰り返すことも少しずつ減っていったのである。

ここで述べておかねばならないが、人の出入りの多い、法律事務所が集まった建物に居を構えている大方の法律関係者の習慣通り、私も事務所の鍵を何本か用意していた。一本は屋根裏に住む、週に一度事務所を磨き掃除し毎日箒《ほうき》で掃いて埃を払ってくれる女性が持っていた。もう一本は便宜上ターキーが持っていた。三本目は私が時折ポケットに入れて持ち歩いた。四本目は誰が持っているか知らなかった。

さて、ある日曜の朝、私は有名な牧師の説教を聞きにトリニティ教会に出かけたが、少し早く着きすぎたので、ちょっと事務所に寄っていくことにした。幸い鍵は持っている。ところが、いざ鍵穴に差してみると、中から何かが入れてあってこちらからは入らない。私はすっかり驚いて、声をかけてみた。すると仰天したことに、中で鍵が回された。そして、痩せた顔を私の方に突き出し、ドアを半開きで押さえた、幽霊の如きバートルビーが現われたのである。上着も着ておらぬシャツ姿、しかもシャツ以外はひどく見苦しいなりの彼が、静かな声で、申し訳ありませんが目下少し取り込み中でして、と言い、そして――今のところ私を中に入れぬ方が好ましいと述べた。さらに、手短に一言二言、近所を二、三度回ってきてもらえばおそらく用事も済んでいると思うと付け加えたのである。

さて、バートルビーがまったく思いもよらぬところで出現し、平然と、いつものように生気なき紳士ぶりで、かつあくまで確固と落着き払った態度で日曜の朝に私の法律事務所を借用しているのを目の当たりにしたことは、何とも奇妙な作用を私に及ぼした。何と私は、自らの事務所のドアからそそくさと立ち去り、相手の望み通りに動いたのだった。確かにそこには、この訳の判らぬ書写人の穏やかな図々しさに対する、無力感混じりの憤りの念も疼《うず》いてはいたのである。にもかかわらず、何よりその不可解な穏やかさが、私の怒りを骨抜きにしたのみならず、いわば私を去勢した。何しろ、自分が雇った男の言いなりになって、自分自身の仕事場から立ち去れと命じられても大人しく従うのだ。これが去勢でなくて何であろう？　さらに、シャツ姿の、それ以外はいかにも日曜の朝然とろくに服も着ていないバートルビーが私の事務所でいったい何をやっているのか、それについても大いに不安であった。何か不埒《ふらち》な真似に走っているのか？　いや、それはあり得ない。バートルビーが不道徳な人物であるなどと、一瞬たりとも考えられはしない。では何をしているのか？――書写か？　いや、それもあり得まい。いくら奇人とはいえ、作法はあくまで遵守する人物である。少しでも裸に近づいた姿で机に向かうとは到底思えない。それに今日は日曜だ。バートルビーにはどこか、この男が世俗の用事で休日の神聖さを犯したりすることはよもやあるまいと思わせるところがあったのである。

　にもかかわらず、私の心は安らがなかった。落着かぬ好奇心に駆られて、結局私は事務所に戻っていった。鍵は邪魔もなく鍵穴に収まった。私はドアを開けて中に入った。バートルビーの姿はどこにもなかった。私は不安な思いであたりを見回し、衝立の向こうを覗き込んだ。だが彼がいなくなったことは明らかだった。室内をもっと詳しく調べてみた結果、どうやら相当の期間バートルビーがこの事務所で食事し、身支度し、眠っていたものと——それも皿も鏡もベッドもなしに——私は推測した。隅に置かれたぐらぐらの古いソファの、クッションを入れた座部には、細身の体が横たわった凹みがうっすら残っていた。バートルビーの机の下には、毛布を巻いて仕舞ってあるのが見つかった。空っぽの火格子の下には靴墨とブラシ、椅子の上には石鹸とぼろぼろのタオルを入れたブリキの洗面器。ジンジャーナッツのかけら幾つかとチーズ一切れが新聞紙に包んであった。そう、間違いない、バートルビーはここを塒とし、一人で独身者の館を取り仕切っていたのだ。そしてすぐさま、私の胸に思いが湧いてきた。何と惨めな、友もなき寂しい人生がここに露呈していることか！　貧しさもさることながら、その孤独の何と恐ろしいことか！　考えてみてほしい。日曜になると、ウォール街はペトラ〔ヨルダンにある遺跡〕のように荒涼としている。他の日も皆、夜になれば空っぽそのものである。平日の昼間には勤労と生命に漲《みなぎ》るこの建物も、夜が訪れるとともに底なしの空虚が谺《こだま》を響かせ、日曜日ともなれば終始殺伐としている。そしてここをバートルビーは我が家にしているのだ。かつては人に溢れていた寂しき場をただ一人見守る者として——無垢なる、変身せるマリウスが、カルタゴの廃墟に囲まれて物思いに沈む〔ローマの武将マリウスが敗走しかつてローマに滅ぼされたカルタゴに行きついた史実への言及〕！

　生まれて初めて、圧倒的な、刺すような憂いの気分が私を襲った。それまで私は、快いとすら言える程度の哀しみしか味わったことがなかった。人間たることの共通の絆が、今や私を陰鬱な想念に導いていった。友愛ゆえの憂い！　私もバートルビーも、ともにアダムの子なのだ。その日目にした、白鳥の如く着飾って、ブロードウェーの大河を流れるように下っていく、艶《あで》やかな絹や光り輝く顔の数々を私は思い出した。そうした眺めを、青白い顔の書写人と対照させて、独り私は思った。ああ、幸福は光を招く、ゆえに我々は世界は華やかだと思い込む、だが不幸は人目につかぬ場に隠れる、ゆえに我々は不幸などというものは存在しないと思い込むのだ……。そんな物哀しい夢想が——明らかに、病める愚かな頭脳の産んだ幻影だったに違いない——バートルビーの奇癖をめぐる更なる想いにつながっていった。奇怪な発見の予感が、私の周りに漂っていた。かの書写人の青白い体が、彼のことなど一顧《いっこ》だにせぬ人々の只中に、震える屍衣《しい》に包まれて横たえられている情景が目に浮かんだ。

ふと私は、バートルビーの机の、閉じた引出しに目を惹かれた。鍵は鍵穴に差しっ放しのままそこにある。

別に悪意はないのだ、非情な好奇心を満たそうという訳ではないのだ、と私は胸の内で言った。そもそも机は私のものではないか、中身だってそうだ、ここはひとつ見せてもらおう。開けてみると、何もかもが整然と置かれ、書類もきちんと並べてあった。仕切り棚は奥行きがあったので、文書の束をどかして奥に手を入れた。じきに何かに行きあたったので、引っぱり出してみた。それは古いバンダナのハンカチーフで、重たく、縛ってあった。解いてみると、中は貯金箱だった。

バートルビーに関してこれまで目に止まった、もろもろの密やかな謎に私は思いを馳《は》せた。彼が人から何か訊かれぬ限り絶対に口を開かぬことを私は思い起こした。折々には相当に空いた時間もあるのに、何か読んでいるところは、新聞を読んでいる姿すら見たことがない。長い間衝立の向こうの青白い窓の前に立って、のっぺらぼうの煉瓦壁を見ているばかり。食堂にも喫茶室にもまったく行かないことは確かである。あの青白い顔を見れば、ターキーのようにビールを飲みもせず、大抵の男のように茶やコーヒーも飲まないことは明らかだ。どこかへ出かけたというのも聞いたことがないし、散歩にも行かない（まあ今は例外かもしれぬが）。自分が何者かも、どこから来たかも言おうとせず、身寄りがどこかにいるかどうかも言わない。あんなに痩せて青白いというのに、病を訴えたこともない。そして何にも増して、ある種無意識の、生気なき――どう言ったらいいのだろう？――生気なき傲慢さというか、厳めしいよそよそしさのようなものが彼に漂っていることを私は思い起こした。まさしくそれに気圧《けお》されたからこそ、私もつい彼の奇癖に服従してしまったのであり、長い間不動を保っていることからして衝立の陰でまたのっぺらぼうの壁と向きあい夢想に耽っているだけだと判っても、ごく些細な用事を頼むことすら躊躇《ためら》ってしまったのである。

こうした一切に思いを巡らし、彼が私の事務所に恒常的に居住しているという新発見の事実をそれらと組み合わせ、あの病的な陰気さも忘れずに付け加えてみると、ひとつの分別ある考えがだんだんと頭に湧いてきた。さっきまず私を捉えたのは、混じり気なしの憂い、掛け値なしに誠実な同情であった。が、バートルビーの寄るべなさが、私の想像力のなかでどんどん膨らんでいくにつれて、その憂いは恐怖に、同情は嫌悪に溶け込んでいったのである。不幸を見たり想ったりすることは、ある一定の程度までは、我々の内なる最良の感情を引き出す。だが、もっと特別な、一線を越えてしまった不幸の場合にはもうそうではなくなる。誠に真なる、そして誠におぞましい事実と言う他ない。これも皆、人間の心というものが元来利己的に出来ているからだと説く人もいるが、それは間違っている。これはむしろ、あまりに大きな、根っから身に染みついた不幸を是正してやれぬゆえの無力感から来ているのである。繊細な人間にとっては、同情が苦痛と化さぬことはめったにない。そうした同情が、実効力ある援助につながり得ぬことが遂に明らかになると、健全な常識は魂に、その同情を取り除くべしと命じるのである。その朝目にしたものは、かの書写人が生来《せいらい》の、不治の病を患っていることを私に確信させた。彼の体に施しを与えることは私にもできよう。だが彼を苦しめているのは体ではない。病んでいるのは彼の魂なのだ。魂に届くことはできない。

その朝は結局、トリニティ教会には行かずに終わった。ああしたものを目にしたせいか、何となく今の自分には教会へ行く資格がない気がしたのである。バートルビーをどうしたものか思案しながら、私は家に戻った。やっとのことで、こう決心した。翌朝彼に、経歴などについて幾つか冷静に質問し、それで腹蔵なくはっきり答えてくれぬようであれば(そしておそらくは答えぬ方が彼には好ましいであろうが)、未払いの給料に上載せして二十ドル紙幣を一枚与え、もはや彼の勤務を必要としないことを告げるのだ。何らかの形で私にしてやれることがあれば、喜んでそうさせてもらう。特に、もし生まれ故郷に帰りたいのなら、どこであれ旅費は是非引き受けさせてもらいたい。さらに、故郷へ戻ったあとも、助けが必要となったらいつでも手紙をくれれば、きっと返事が来るものと当てにしてくれていい。そう言おうと決めた。

翌朝が来た。

「バートルビー」と私は、衝立の向こうに優しく呼びかけた。

答えなし。

「バートルビー」と私はさらに優しい口調で言った。「こっちへおいで。君にとってしない方が好ましいことを無理に頼んだりはしないよ。単に君と話がしたいだけなんだ」

こう言われて、彼はすうっと、音もなく視界に入ってきた。

「バートルビー、君はどこの生まれか、教えてくれるかい？」

「そうしない方が好ましいのです」

「君自身について何でもいい、いいから教えてくれないかね？」

「そうしない方が好ましいのです」

「だが一体どんな差し障りがあるというのだね、私と話をすることに？　私は君を、友だと思っているのだよ」

私が喋っている間、彼は私を見ずに、座っている私のちょうど真うしろ、私の頭より十五センチばかり高いところにあるキケロの胸像を見据えていた。

「どう答えるね、バートルビー？」と私は、かなりの間返答を待った末に言った。その間《かん》もずっと、相手の表情は不動のままであったが、白く薄い唇にはごくわずかな震えが見てとれた。

「今のところ何もお答えしないのが好ましいです」と彼は言って、庵に退いた。

自分の弱さを認めてしまうことになるが、このときの彼の素振りに私は苛立ちを覚えずにいられなかった。そこにはある種の尊大さが感じられたし、その上に、これまで私から受けてきた紛《まご》う方なき厚遇と寛大さを思えば、かような天邪鬼ぶりは恩知らずというものではないか。そう思ってしまったのである。

またしても私は、どうすべきかじっくり思案した。彼の振舞いには屈辱を感じたし、机に戻っていった時点では絶対クビにしてやると決めていたものの、なぜか奇妙にも、何やら迷信めいた思いに胸をせっつかれるのを私は感じた。そんなことをしてはならぬ、この世で誰より寄るべない男にあと一言でも憎しみの言葉を口にしたらお前は大悪党だぞ、と、思いは私に告げていた。結局私は、衝立のうしろへ椅子を持っていき、親しげに腰を下ろして言った。「バートルビー、生い立ちを話すのが嫌なら何も言わなくていい。だが友人として君に頼みたいのだ、この事務所での処遇に関してはできるだけ譲歩してもらえないだろうか。明日かその次の日からか、文書の点検を手伝うと約束してくれないか。つまり、一日か二日かしたら少しは道理に従うようになると約束してくれないか。頼むよ、バートルビー」

「今のところ、少しは道理に従うようにならない方が好ましいのです」というのが彼の穏やかに生気なき返答であった。

ちょうどそのとき、折り戸が開いてニッパーズが入ってきた。普段以上にひどい消化不良に苦しんだのか、いつになく眠れぬ夜を過ごした様子である。そんなニッパーズが、バートルビーの最後の一言を耳にした。

「ならない方が好ましい、だと?」と歯を軋らせながらニッパーズは言った。「私だったらですね、こんな奴、コノマシてやりますよ」――これは私に向けての科白――「えええ、コノマシてやりますとも、強情っぱりのロバが! で先生、こいつ今度は何をやらないのが好ましいってんです?」

バートルビーはぴくりとも動かなかった。

「ミスタ・ニッパーズ」と私は言った。「目下のところ君には席を外してもらった方が好ましいのだが」

どういう訳か最近、私は「好ましい」という言葉をつい、必ずしも相応しくない種々の状況で口にするようになっていた。この書写人と接したことで、こっちの精神まで既に、かつ深刻に冒されたかと思うとぞっとした。このまま行ったら、これ以上どんな、より深い異常が生じてしまうか、判ったものではない。こうした不安も一因となって、私は思い切った手段に出ることに決めた。

ひどく不機嫌な顔のニッパーズが出ていくのと入れ替わりに、ターキーが物柔らかに、恭しく近づいてきた。

「恐れながら、旦那様」と彼は言った。「手前昨日《さくじつ》、このバートルビーのことを考えておったのですが、毎日上等の麦酒《エール》を一クウォート飲むことを好ましく思って実行しさえすれば、必ずや快方に向かい、文書の点検もできるようになると思うのです」

「では君にもその言葉が伝染《うつ》ったか」と私はいささか興奮して言った。

「恐れながら旦那様、どの言葉でしょう」とターキーは、衝立の内側の狭い空間に丁重に我が身を押し込みながら――御蔭で私はバートルビーの体を肱で突く羽目になった――訊ねた。

「どの言葉でございましょう?」

「独りにしてもらった方が好ましいのですが」とバートルビーは、私的な場に押しかけられて気分を害したかのように言った。

「その言葉だよ、ターキー」と私は言った――「今の言葉」

「あ、『好ましい』ですか? ええそうですな――妙な言葉ですな。手前、自分では全然使いませんが。ですが旦那様、今しがた申し上げましたように、バートルビーが好ましく思いさえすれば――」

「ターキー」と私は彼の言葉を遮った。「済まんが席に戻ってもらえないか」

「はい、勿論ですとも、手前がそうする方が好ましいと仰有るなら」

ターキーが部屋を出ようと折り戸を開けると、机に向かったニッパーズが私の姿を目にし、この文書の書写は青い紙と白い紙のどちらが好ましいでしょうかと訊ねた。別に悪戯っぽくその一言を強調した訳ではない。それが自然と口を衝《つ》いて出ていることは明らかだった。もうこの狂った男を追い出すしかない、そう私は思った。既に私も使用人たちも、言葉はある程度やられてしまっている。このまま行けば頭も危ない。だがすぐさま解雇の話を持ち出すのは得策ではあるまい。そう思った。

翌日、バートルビーが一日中、窓辺に立ってのっぺらぼうの壁に向かって夢想する以外何もしていないことに私は目を止めた。書写はどうしたのかと訊くと、もう書写はやらないことにしたと彼は答えた。

「何だって？　今度は何なんだ？」と私は叫んだ。「書写はもうやらないだと？」

「もうやりません」

「その理由は？」

「ご自分でお判りにならないのですか」と彼は事もなげに答えた。

私はじっと彼を見つめ、その目がどんより曇っていることを見てとった。私はハッと思いあたった。ここへ来て最初の数週間、暗い窓際で書写の仕事に並外れた熱意で励んだせいで、一時的に視力に異常を来《きた》したのではないか。

私は心を打たれた。悔やみの言葉を私は口にした。勿論しばらくは書写を控えてくれて構わないということも匂わせた。この機を利用して、外に出て少し体を動かしてみてはどうかと勧めてみた。だが彼はそうしなかった。何日か経って、他の者たちが不在で、何通かの手紙を大急ぎで投函する必要に駆られたので、他に何もすることがないのだからここはいくらバートルビーでもいつもほど強情を張りはしまいと、これを郵便局へ持って行ってくれないかと頼んでみた。だが彼はあっさり拒んだ。かくして、忙しいというのに私が自分で行く羽目になった。

さらに何日かが過ぎていった。バートルビーの目が回復したかどうか、私には見当がつきかねた。傍目《はため》には回復したように思えた。ところが、目はもうよくなったかね、と訊いてみると、何ら答えは返ってこない。いずれにせよ、書写はやろうとしなかった。とうとう、私がしつこく問うのに答えて、書写はもう一切やらないことに決めたのだと彼は言った。

「何だと！」と私は叫んだ。「君の目が完全によくなったとして――以前よりもっとよくなったとして――それでも書写はやらんというのか？」

「書写はやめたのです」と彼は答え、音もなく脇へ離れていった。

相変わらず、彼は我が事務所に居ついたままであった。否、そんなことが可能であるとして、これまで以上にしかと居ついたように思えた。どうしたらよいのか？ 事務所にいても何の仕事もしない――ならばなぜそこにいさせるのか？ 有り体《てい》に言って、彼は今や私にとって石臼のごとき存在であった。首飾りとして役に立たぬばかりか、その重さに耐えるのも難儀な重荷であった。だが私は彼に同情していた。とはいえ、あくまで彼のためを思って心配だったのだ、と言えばさすがに嘘になろう。もし彼が、親類なり友人なりの名を一人でも挙げていたなら、私はすぐさま連絡を取って、どこか適当なところへ連れていってくれと急き立てたことだろう。だが彼は独りぼっちであるらしかった。まったくの天涯孤独の身のようだった。大西洋岸中部に流れついた、一片の漂着物。とうとう、仕事上の必要を優先せざるをえなくなった。精一杯物柔らかに、あと六日で絶対にこの事務所から出ていかねばならぬと私は言い渡した。その六日間を利用して、どこかよそに住居を確保したまえと忠告した。何なら手伝ってやってもよい、君さえ立ち退きに向けて最初の一歩を踏み出してくれたら、とも言った。「そしてバートルビー、私の許を去るあかつきには」と私は言い足した。「君が備えなしに去るようなことにはしないつもりだよ。忘れるなよ、今この時間から六日後だからな」

約束の期限が過ぎて、衝立の向こうを覗いてみると、何と！　バートルビーはそこにいた。

私は上着のボタンを留め、気を落着かせた。ゆっくりと彼に近づいていき、その肩に触れて、言った――「さあ、時間だよ。出ていってくれたまえ。君のことを気の毒だとは思う。この金を受け取ってくれ。だがとにかく出ていってもらわないと」

「そうしない方が好ましいのです」と彼は、私に背中を向けたまま答えた。

「出ていきたまえ！」

彼は黙っていた。

さて、私はこの男の正直さには全面的な信頼を寄せていた。こっちが床に不注意に落とした六ペンスや一シリングを何度も拾ってくれもしたのである（私は小銭の扱いがひどくぞんざいなのだ）。したがって、次に私が採った処置も、決して常軌を逸したものとは思われまい。「バートルビー」と私は言った。「君には十二ドル支払いが残っている。ここに三十二ドルある。二十ドルの余分は君にやる。――受け取ってくれるかね？」そう言って私は札を彼の方に差し出した。

だが彼は少しも動かなかった。

「ではここに置いていくよ」と、私は金を、机の上の文鎮の下に滑り込ませた。それから帽子とステッキを取ってドアの方に向かいながら、静かに振り返って言い足した。「この事務所から持ち物を取り払ったら、もちろん鍵はかけてくれるね――もう今日は君以外残っていないからね。鍵はマットの下に入れておいてくれたまえ、私が明日の朝受け取るから。これで君と会うのも最後だ、だからさよならを言うよ。今後、新しい住居にいてもし何か私が役に立てることがあったら、どうか遠慮なく手紙をくれたまえ。さようなら、バートルビー、元気で」

だが彼は一言も答えなかった。廃墟と化した寺院の、最後に一本残った柱の如くに、もう他には誰もいない部屋の真ん中に一人黙って立っていた。

物思いに沈んだ気分で帰り道を歩くうちに、私の心のなかで、得意な気分が次第に同情心を押しのけていった。バートルビーを解雇するにあたって、かくも巧妙に事を進めたことを鼻高く思わずにいられなかった。巧妙、と思うのは私一人ではあるまい。公平に考えて下さる方なら、誰しもそう思って下さるに違いない。私が採った手段の見事さは、その完璧な静かさに存するように思えた。野蛮に脅《おど》したり、虚勢を張ったりはしなかったし、怒りっぽく威張りちらしたり、部屋のなかをどすどす歩きながらさっさと荷物まとめて出ていけだの何だのとどやしつけたりもしなかった。一切そんな真似はなし。失せろ、とどなったりする代わりに――もっと気の利かぬ人間だったらきっとそうしていただろう――彼が出ていくということを私は前提にしたのであり、その前提に基づいて話を進めたのだ。自分が採った手段を考えれば考えるほど、我ながらますます天晴《あっぱ》れに思えた。にもかかわらず、翌朝目覚めてみると、私の心にあったのは疑念であった。得意な気分はなぜか、寝ている間《ま》に跡形もなく消えていた。朝目覚めた直後の時間は、人が最も冷静かつ賢明になり得る時間のひとつである。私の採った手段は依然として賢明なものに思えた――ただし、理論上の次元においてのみ。実践においていかなる功を奏すか、それが問題なのだ。バートルビーが立ち去ることを前提にするというのは、なるほど見事な思いつきであった。だが結局のところ、それはあくまで私自身の前提であってバートルビーの前提ではまったくない。肝腎なのは、彼が出ていくであろうと私が前提したか否かではなく、彼にとってそうするのが好ましいか否かではないか。バートルビーは前提の士ではない。好ましさの士なのだ。

朝食を済ませると、成か否かと思い悩みながら私は街を歩いていった。ある瞬間には、すべては惨めな失敗に終わり、バートルビーはいつも通り事務所にしっかり根を下ろしているものと思えた。次の瞬間には、あの椅子はきっと空っぽになっているはずという気がした。私はいつまでも揺れ動いた。と、ブロードウェーとキャナル・ストリートの角で、興奮した人々の集団が熱っぽく話し込んでいるのが見えた。

「駄目な方に俺は賭けるね」と、私が通りがかったところで誰かが言った。

「駄目だ、出ていかない、と？——よし、その賭け受けた」と私は言った。「さあ、金を出したまえ」

我知らずポケットに手を入れて自分の賭け金を取り出そうとしたところで、今日は選挙の日だと思い起こした。たった今聞こえた言葉は、バートルビーとは何の関係もなく、市長選に立った誰かが当選するかしないかの話なのだ。ひたすら思い詰めるあまり、ブロードウェー中が私の興奮を共有していて皆が私相手に同じ議論を繰り広げているような気になっていたのだ。通りが騒々しい御蔭で、自分の間抜けぶりを気どられずに済んだことをつくづく有難く思いながら先へ進んだ。

予定通り、いつもより早めに事務所のドアに辿り着いた。しばし立ち止まって耳を澄ましてみた。何も聞こえぬ。出ていったに違いない。ノブを回してみた。鍵がかかっている。左様、私の作戦は見事に成功したのだ。彼は本当に姿を消したのである。だがそこには、ある種の憂いも混じっていた。完璧に上手く行ったことが、ほとんど残念ですらあった。バートルビーが残していったはずの鍵を取ろうとドアマットの下を探っていると、膝がうっかり壁板に当たって、中にいる者を呼び出すような音が立ち、それに応えて声が響いてきた――「まだです。今取り込み中なのです」

バートルビーだった。

私は愕然とした。一瞬、ずっと昔ヴァージニアで晴れわたった夏の日の午後に稲妻に打たれてパイプを口にくわえたまま死んだ男のように立ち尽くしていた。暖かい自宅の、開いた窓辺で男は絶命し、そのまま心和む午後の情景に身を乗り出したまま立ちつづけ、やがて誰かがその体に触れるとバッタリ倒れたという。

「まだいる！」と私はやっとのことで呟いた。だが、この測り知れぬ書写人が私に対して有していた不可思議な優位、私がどれほど足掻《あが》いても逃れ切れぬ優位に、私はまたしても従ってしまった。玄関前の階段をのろのろと降り、通りに出て、界隈を歩き回りながら、この前代未聞の難局に次はどう出るべきかを思案した。力尽くで追い出すことなど私にはできない。罵倒を連ねて追い払うのも上手くは行くまい。警察を呼ぶのも嫌だ。とはいえ、生気なき勝利を彼に享受させる、これもやはり耐え難い。どうしたらよいのか？　あるいは、できることは何もないとしたら、この件に関し私がさらに前提し得ることは何かあるだろうか？　そうだ、これまでバートルビーが出ていくものという前提で事を進めたのと同じように、今度は、彼が既に出ていったという前提に基づいて振舞えばよいのではないか。この前提に基づいて、いそいそと事務所に入っていき、バートルビーの姿などまるで見えぬ振りをして、彼があたかも空気であるかのようにドスンとぶつかってみせるのだ。そうした手に出れば、さすがに急所を一突きしたような按配となろう。前提の原理をそこまで徹底して実践されれば、いかにバートルビーといえども抗《あらが》えはしまい。だが考え直してみると、どうにも頼りない計画に思えた。私はもう一度彼と話し合おうと決意した。

「バートルビー」と私は、事務所に足を踏み入れながら、静かに厳かな表情を浮かべて言った。「私はひどく不本意な気分だよ。苦痛を感じていると言ってもいい。バートルビー、私は君のことをもっと高く買っていたのだよ。君はきわめて紳士的な人物だから、どんな厄介な事態であっても、さりげなく仄めかせばそれで十分だと思っていたのだ――要するに、そう前提していたのだ。だがどうやらそれは間違っていたらしい。何だ、君」――と私は思わずはっと口走った――「君、金に触れてもいないじゃないか」前日の晩に置いたままのところにある金を私は指さした。

彼は何とも答えなかった。

「君、出ていってくれるのか、くれないのか？」私は突然の激情に駆られて、彼の方に歩み寄って問い詰めた。

「出ていかない方が好ましいのです」と彼は、いかないにさりげなく強調を置いて答えた。

「何の権利があってここにいるというのだ？　家賃は払っているのか？　私の税金を肩代わりしてくれるのか？　それとも君はここの所有者か？」

彼は何とも答えなかった。

「さあ、書写を再開する準備はできたかね？　目はもう治ったか？　けさは短い文書を写してくれるかね？　それとも点検を少しばかり手伝ってくれるか？　郵便局まで使いに行ってくれるかね？　とにかくここを出ていかぬと言い張るのなら、何か少しはやって色をつけてくれるのかね？」

彼は黙って庵へ引っ込んだ。

ひどく気が昂ぶって、憤怒《ふんぬ》の念に駆られているのが自分でも判ったので、ここはひとまず抑えて、これ以上気持ちを外に出さぬ方が得策だと思った。バートルビーと私は目下二人きりである。あの不運なアダムズと、さらに不運なコルトの、他に誰もいないコルトの事務所で起きた悲劇のことは私も記憶していた〔一八四一年に起きた有名な殺人事件への言及〕。哀れコルトは、アダムズにさんざんけしかけられて、激しく興奮したため、我知らずあの致命的な行為に、為した本人が誰よりも嘆いているに違いない行為に追いやられてしまったのだ。あの一件に思いを馳せるたびに、かりにあの諍《いさか》いが街頭か個人の住宅で起きていたならあんな結果には至らなかっただろうとよく思ったものである。人が住んでいる暖かみを一切欠いた建物の上階の事務所に二人きりでいたこと、絨毯も敷いていない埃っぽいくたびれた部屋にいたことが、不運なるコルトの激情を煽《あお》ったに違いないのだ。

この憤怒の虫が私のなかに湧き上がり、私をけしかけると、私は虫と取っ組み合ってそいつを投げ飛ばした。どうやってか？　簡単である。神の教えを思い起こしたのだ。「我新しき誡《いま》命《しめ》を汝等に与う、汝等相愛《あい》すべし」。左様、これが私を救ってくれたのである。より高尚な考察は抜きにしても、博愛の念はしばしば、きわめて賢明かつ分別ある原理として機能し、それを有する者にとって大いなる安全弁になってくれる。人はこれまで、嫉妬の念ゆえに殺人を犯し、怒りゆえ、憎しみゆえ、利己心ゆえ、自尊心ゆえに殺人を犯してきた。だが、慈しみと博愛ゆえにおぞましい殺人が行なわれたというのは聞いたことがない。とすれば、もっとよい動機を動員できずとも、単に自己利益だけを考えても、すべからく人は、激しやすい人間はとりわけ、博愛と慈悲に走るべきなのである。いずれにせよ、私もかような事態にあって、書写人に対する憤怒の念を鎮めようと、彼の振舞いを極力好意的に受け止めようと努めた。気の毒に、気の毒に！　そう私は考えた。奴に悪気はないのだ。それにきっと、今まで辛い思いを味わってきたのだから、大目に見てやるべきなのだ。

私はまた、直ちに仕事に没頭し、同時に落胆も和らげようと努めた。朝の時間が過ぎていくなかできっとバートルビーも、いずれ折を見て自ら庵から出てきて、まっすぐドアに向かってくれるはずだと考えようとした。だがそれも叶わなかった。十二時半になった。ターキーが顔から赤熱《しゃくねつ》を発しはじめ、インク壺をひっくり返し、何かと騒々しくなった。ニッパーズは勢いが弱まり、静けさと礼儀正しさへ移行していった。ジンジャー・ナットは正午の林檎を齧《かじ》った。そしてバートルビーは、相変わらず窓際に立ち、いつにも増して深遠なる壁相手の夢想に耽っている。あれを認めてよいものか？　容赦すべきなのか？　その日の午後、彼にはそれ以上一言も言わずに私は事務所を去った。

何日かが過ぎた。その間《かん》私は、暇を見てはエドワーズの意志論とプリーストリーの必然論〔どちらも十八世紀の有名な神学者による自由意志を否定した論〕を少しずつ覗いてみた。かように辛い状況ながら、これらの書物はそれなりに健全な感情をもたらしてくれた。私は次第に、書写人をめぐる私のこうした苦労も、永遠《とわ》の昔から予《あらかじ》め定められていたのだという思いを強めていった。私のような一介の凡人には測りようのない、全智なる神の何か神秘的な目的ゆえに、バートルビーは私に割り当てられたのだ。そうとも、バートルビー、衝立の奥に留まるがいい。もう君を虐《しいた》げはしない。君は古い椅子の如く無害にして無音なのだから。君がここにいると判っている時こそ、私にとって、一番自分が独りになれたと思える時なのだ。とうとう私にも見える、私にも感じられる、我が人生の予め定められた目的を私は看破する。私は満足だ。世間にはもっと高尚な役割を与えられた人もいよう。だがこの世における私の使命は、バートルビーよ、君が望む限りの間、君に事務所の部屋を提供することなのだ。

あれで事務所を訪れる同業者が、お節介にも無慈悲な発言を浴びせてきたりしなかったら、きっとあのまま賢明かつ幸福なる精神状態が続いていたと思う。だが世の中では往々にして、狭量なる連中がひっきりなしに及ぼしてくる軋轢《あつれき》のせいで、寛容な精神から生じる最良の決意すらも遂には擦り切れてしまうのである。確かに、一歩引いて考えるなら、事務所に入ってきてバートルビーの不可解な姿を目にした者たちが、何やら陰険な言葉を漏らしたくなるのもまあ無理はない。時折、私と取引きのある弁護士が事務所にやって来て、バートルビー以外誰もいないのを目にし、私の居場所に関して彼から何か聞き出そうとする。だがバートルビーは、相手の無駄話に耳も貸さず部屋の真ん中にじっと不動で立ち尽くすばかり。という訳で、件《くだん》の弁護士は、そうした姿勢の彼をしばし呆然と眺めた挙げ句に、何の情報も得られぬまま帰っていくのである。

また、事件付託《ふたく》が行なわれていて、部屋に法律家や証人が溢れ作業が慌ただしく進んでいる際など、仕事に熱中している法律関係者が、バートルビーがまったく何もしていないのを見て、君ちょっと私の事務所まで行ってこれこれの文書を持ってきてくれんかねと言いつけたりする。するとバートルビーは静かに断り、相変わらず何もせずその場に留まっている。相手はぽかんと目を丸くし、やがて私の方に向き直る。だが私に何が言えよう？　とうとう、私が事務所に置いている謎の男に関し、仲間内で疑念の囁きが飛び交っていることに私は気づかされた。これは私としても非常に気がかりであった。それにひょっとしてこの男、存外長生きするかもしれぬ。事務所にずっと居座り、私の権威を否定し、訪問者たちを惑わせ、私の職業上の評判を危うくするかもしれない。事務所全体に陰鬱な空気をもたらし、蓄えた金で最後の最後まで食いつなぎ（どう見ても一日に五セントしか使わないのだから）、ひょっとしたら結局私より長生きして、永年の居住を理由に事務所の所有権を主張するかもしれぬ……などなど、暗い予感が次々胸を襲うし、仲間たちは我が部屋の幽霊に関し容赦ない言葉を絶えず投げつけてくるしで、大きな変化が私のなかで生じることとなった。私は意志の力を総動員して、この耐え難い重荷をひと思いに追い払おうと決めたのである。

だが、しっかり考え抜いた、込み入った計画を始動させる前に、まずは単刀直入、バートルビーに向かって、立ち退くことの妥当性を仄めかしてみた。落着いた、真剣な口調で私は立ち退き案を語り、どうか君、じっくり考えてみてくれたまえと言ってみた。だが相手は三日にわたって熟考した末に、従来の決意は変わっていないと知らせてきた。要するに、依然私から離れぬ方が好ましいのだ。

どうしよう？　上着のボタンを一番上まで留めながら私は自分に問いかけた。どうしよう？　何をしたらいいのか？　この男、いやこの幽霊に対して何をなすべきだと良心は言っているか？　彼を追い出す、これは何としても為さねばならぬ。出ていってもらう、それは決まりである。だがどうやって？　相手は哀れな、青白い、消極的な人物である、力尽くで追い出すことなどできはしない——かように無力な人物をあなたはよもや力尽くで追い出したりはしまい？　そんな無慈悲な行為によって己の名誉を汚《けが》したりはしまい？　無論そんなことはしない、できはしない。そうするくらいなら、彼をここで生きさせ、死なせ、遺骸を壁に埋め込む方がまだましだ。ではどうする？　あなたがいくらなだめすかしても、相手はぴくりとも動かない。金で買収しようとしても、机上のあなた自身の文鎮の下に置きっ放しにするだけ。要するに、彼にとってはあなたにしがみつく方が好ましいことは明らかなのだ。

となれば、何か容赦ない、思い切った手に出る他ない。何と！　まさかあなた、巡査にしょっぴかせて、あの罪なき青白い身をそのへんの悪党と一緒に牢屋に入れたりはしまい？　第一、いかなる根拠に基づいてそうさせられるというのか？――浮浪罪ではどうだ？　何だって！　ぴくりとも動かぬ人間が浮浪者、漂泊者か？　つまりあなたは、彼が浮浪しようとしないがゆえに浮浪者であるとみなそうと言うのか。それはあまりに馬鹿げている。では、生計手段が見当たらぬこと、これならいいだろう。いや、それも違う――彼は明らかに自活し得ているのであり、それこそ生計の手段を有することを証す唯一完璧な証拠なのだから。ではもういい。彼が出ていかぬのなら、私が出ていくまでだ。事務所を移転しよう。自分はよそに移り、彼にはきっぱり、もし新しい事務所に入ってきたらただの不法侵入者として法的手段に訴えると言い渡すのだ。

この案に従って、私は翌日彼に話をした。「この事務所は市庁舎から遠すぎるし、空気も悪いから、来週引越すことにしたよ。君の勤務はもう必要なくなる。君がよその場所を探せるように、今から伝えておくよ」

彼は何とも答えず、話はそれっきり途切れた。

予定の日に、私は荷車と人手を調達し、事務所に向かった。家具も大してないので、すべてを取り払うのに何時間もかからなかった。その間ずっと、バートルビーは衝立のうしろに立っていたが、その衝立も一番最後に、持っていくよう私が人夫たちに命じた。衝立が取り払われ、巨大な文書のように折り畳まれると、バートルビーはがらんとして何もない部屋の動かぬ住人として残った。私は入口に立ってしばし彼を見つめていたが、そのさなかにも、私の内の何かが私を非難していた。

私はもう一度中に入っていった——片手をポケットに入れ、そして……そして胸がはり裂ける思いで。

「さようなら、バートルビー。私はもう行くよ。さようなら、どうにかして君に神の御加護《ごかご》がありますように。そしてこれを受け取ってくれ」そう言ってなにがしかの金をその手に握らせた。だが金は床に落ち、それから、奇妙にも、あんなに追い出したいと望んでいた相手から、私は断腸の思いで離れていった。

新しい事務所に落着いた私は、一日か二日はドアの鍵をかけたままにし、廊下で足音がするたびにびくっと縮み上がった。少しでも留守にして部屋へ戻るたび、出入口で一旦立ち止まって、耳を澄ましてから鍵を鍵穴に差し込んだ。だがそうした心配も杞憂であった。バートルビーは一向に寄りつかなかった。

万事上手く行ったと思っていた矢先のある日、動転した様子の見知らぬ人物が訪ねてきて、最近までウォール街——番地の部屋を借りていたのはあなたかと訊ねた。

嫌な予感を抱きながら、そうだと答えた。

「それでは、あそこに残していった男の責任を取っていただきませんと」そう言った相手は、やはり法律家だということだった。「書写も拒むし、何をすることも拒む。やらない方が好ましいなどと言うばかりで、出ていくことも拒むのです」

「それは大変お気の毒に」と私は、平静を装ったものの内心大いにうろたえながら言った。「ですが仰有っている男は、私には赤の他人なのです。親戚でもないし弟子でもないし、責任を取れと言われても困るのです」

「一体全体、何者なんです？」

「私には何も教えて差し上げられません。あの男の身の上は私もまったく知らんのです。以前は書写人として雇っておりました。ですがここしばらくは何の仕事もしなかったのです」

「では私が片をつけましょう。ご機嫌よう」

数日が過ぎ、何の報せも届かなかった。ちょっと行って哀れなバートルビーの様子を見てみようか、と思いやりの気持ちが湧くことも何度かあったが、自分でもよく判らぬ怖気《おじけ》を感じて、結局行かずじまいだった。

さらに一週間、何の連絡もないので、これでもう一件落着と私は胸を撫で下ろした。ところが、翌日新しい事務所に行ってみると、ひどく興奮した様子の人物が何人か、入口で待っていた。

「あの人だ――来たぞ」と先頭に立った男が叫んだ。先日一人で訪ねてきた法律家である。

「あんた、今すぐあの男を連れていってもらわんと」と、恰幅のいい男が歩み出て叫んだ。見ればこちらはウォール街——番地の大家であった。「ここにいらっしゃるのはあそこの賃借人の方々で、もう我慢がならんと皆さん仰有ってるんです。ミスタ・B——が」と言って法律家を指さす、「追い出しなすったんだが、そしたら今度は建物中ところ構わず居ついちまって、一日中階段の手すりに座り込んで、夜は夜で入口で眠ってるんです。みんな気が気じゃありません。事務所に客も寄りつかなくなるし、暴力沙汰にでもなりやしないかと心配する方もいらっしゃる。とにかくあんたが何とかしてくれないと——それも今すぐ」

あまりの剣幕に私は思わずあとずさり、できることなら新しい事務所に逃げ込んで鍵をかけてしまいたかった。バートルビーは私にとって赤の他人なのだ、他の誰以上のつながりもないのだ、といくら訴えても無駄だった。とにかく彼と何らかのかかわりを持った最後の人物は私なのであり、ゆえにおぞましい責任はすべて私に降りかかったのである。新聞沙汰にされても困るので（そう脅した人もいた）私は熟考の末、件の法律家にこう言った。では今日の午後あなたのお部屋であの男と二人きりで面談させていただきます、何とか厄介の種を取り除くよう努力してみましょう、と。

階段を上がってかつての事務所に行ってみると、踊り場の手すりにバートルビーが黙って座っていた。

「こんなところで何をしているんだ、バートルビー？」と私は言った。

「手すりに座っているのです」と彼は穏やかに答えた。

手招きして法律家の部屋へ呼び入れると、法律家は我々二人を残して出ていった。

「バートルビー」と私は言った。「事務所を追い出されてからも君がここに居座っているせいで、私が非常な心労を受けていることを君は自覚しているかね？」

答えなし。

「起きることは二つに一つ。君が何かを為すか、君に何かが為されるかだ。さて君、どういう仕事に就きたいかね？　また誰かの下で書写をやりたいかね？」

「いいえ。何も変えない方が好ましいです」

「衣料品店の店員はどうかね？」

「閉じ込められすぎです。いえ、店員はやりたくありません。でも特にこだわりはありません」

「閉じ込められすぎだって」と私は叫んだ。「だって君、一日中自分を閉じ込めてるじゃないか！」

「店員の職には就かない方が好ましいのです」と彼は、こんな些細な問題はこれでおしまいだという口調で言ってのけた。

「ではバーテンはどうだ？　バーテンなら目も酷使せずに済むぞ」

「全然やりたくありません。もっとも、既に言ったように、特にこだわりはありません」

いつにないバートルビーの口数に、私も活気づいた。私は攻撃を再開した。

「それなら、集金係として国中を回るのはどうかね？　健康にもいいだろうし」

「いいえ、何か他のことをする方が好ましいです」

「では付き添いとして、ヨーロッパに行くのはどうかね。どこかの若き紳士を君の会話で楽しませるのだ、それならいいかね？」

「全然よくありません。そういう仕事は確固としたところがないように思えます。私は動かずにいる方がいいのです。ですが特にこだわりはありません」

「では動かずにいるがいい」と私は、遂に我慢も限界に達して叫んだ。彼とかかわってきて、さんざん苛々させられたものの、激昂したのはこれが初めてだった。「日が暮れるまでに君がここを立ち退かないなら、私としてもやむを得ず――やむを得ずではあるが――ええと、私が立ち退くからな！」といささか間抜けに私は言い終えた。一体いかなる脅しを使えば、この男を怯え上がらせ、不動から服従へと引き込めるのか。さっぱり見当がつかない。もうこれ以上いくら頑張っても無駄だと絶望して、そそくさと彼の許を去ろうとしたところで、最後のアイデアが浮かんだ。今までにも考えていなくはなかった案である。

「バートルビー」と私は、およそ落着いてはいられぬ状況にあって精一杯親身な口調になるよう努めた。「私と一緒に来ないかね――私の事務所にではなく、自宅に。私の自宅で君の身の振り方をゆっくり考えることにして、結論が出るまでいてくれていい。さあ、今すぐ一緒に行こうじゃないか」

「いいえ。今のところ何も変えない方が好ましいのです」

私は何とも答えなかった。が、突如かつ迅速に駆け出した御蔭で皆から上手く身をかわして建物から逃げ出し、ウォール街をブロードウェーの方へ走っていって、最初にやって来た乗合馬車に飛び乗り、無事追っ手から逃げ果《おお》せた。落着きを取り戻すや否や、自分に為し得ることはもうすべてやったと私は確信した。大家や賃借人の要求に対しても、私自身の欲求と義務感に対しても、バートルビーに利を与え彼を粗暴な迫害から護るためにできることは全部やった。あとはもう心から寛《くつろ》ぎ、安らかでいようと努めた。我が良心もそれでいいと言ってくれた。だが、この気持ちも長くは続かなかった。怒り狂った大家と頭に血が上《のぼ》っている貸借人たちに追いかけられるのが、私はとにかく怖かったのだ。そこで仕事の指揮はニッパーズに任せて、何日か町の北側や郊外を自分の四輪馬車で回っていた。橋を渡ってジャージーシティやホーボーケンにも行き、マンハッタンヴィルやアストリアまでこっそり足を伸ばした。この時期はほとんど馬車のなかで暮らしたと言ってよかった。

ふたたび事務所に顔を出すと、見よ、大家からの手紙が机の上に載っていた。震える手で開封してみると、警察を呼んでバートルビーを浮浪者として市の「墓場」に入れた、とそこにはあった。さらに、あの男と一番親しい間柄なのは貴殿であるから墓場へ行って然るべく供述を行なっていただきたい、と書いてある。こう知らされて、私は相矛盾する気持ちを覚えた。まずは腹が立った。次に、まあ止むを得まいという気になった。大家は血の気の多い、せっかちな性格である。その御蔭で、私には到底決断できなかったであろう手段に訴えたのだ。何しろ事情が事情、奥の手としてはこれしかあるまい。

あとで聞かされたのだが、墓場へ連れていくと言われたとき、バートルビーは少しも抵抗せず、いつもの生気なき不動ぶりを保ち、黙って同意したということだった。

同情や好奇心に誘われた野次馬も何人かくっついてきて、巡査の一人がバートルビーと腕を組んで先頭を歩いていった。正午の目抜き通りは大変な賑わいで、騒音と熱気と歓喜のなかを無言の行列は進んでいった。

手紙を受け取ったその日に私は墓場へ――即ち、市の刑事裁判所および拘置所のある建物へ――出かけていった。担当の役人を捜し出して用件を伝えると、その人物なら確かに中にいると言われた。役人を相手に、バートルビーは清廉潔白な人物なのです、訳の判らぬ奇癖の持主ではあれ大いに同情されて然るべきなのです、と私は弁じた。知っていることは洗いざらい語り、何かもっと苛酷でない処置が見つかるまでは――といってもそれが何なのか見当もつかなかったが――極力寛容な拘束状態に留めておいてほしい、と締めくくった。いずれにしても、もし他に手がなければ救貧院に入れてもらうしかあるまい。とにかくまずは会わせてほしい、と頼み込んだ。

恥ずべき罪状でもないし、終始物静かで無害であるため、バートルビーは刑務所内を自由に歩き回ることを許されており、特に、四方を壁に囲まれた、草の生えた中庭へ出ることを許可されていた。行ってみると、彼は庭の一番静かな場所に一人きりで立っていて、顔を高い壁に向けていた。庭を取りまく、四方の牢獄の細い窓から、人殺しや泥棒の目が彼に注がれているのが見える気がした。

「バートルビー！」

「あなたのことは知っています」と彼は振り向きもせずに言った。「あなたに言いたいことは何もありません」

「私が君をここへ入れたのではないのだよ、バートルビー」と私は、そう勘ぐられたと思える言葉に深く傷ついて言った。「そもそも君にとって、ここはそんなにひどい場所ではあるまい。ここにいるからといって、別に不名誉になる訳じゃない。それにごらん、案外侘しくない所じゃないか。この通り、空もあるし、草もある」

「ここがどこかは判っています」と彼は答えたが、それ以上何も言わないので、私は彼の許を離れた。

廊下に戻ると、エプロンをつけた、でっぷりと肉づきのいい男が声をかけてきて、肩ごしに親指でうしろを指し、「あの方、旦那のお知り合いで？」と言った。

「そうだ」

「あの方、飢え死になさりたいんで？　だったら刑務所の食事だけお出ししときゃいいですがね」

「君は誰だ？」と私は、こういう場所になぜこんな役人らしからざる口を利く輩がいるのか解《げ》せずに訊ねた。

「手前、仕出し屋でございます。ここに入ってらっしゃる、お知り合いも然るべくいらっしゃる方々は、手前にお申しつけになって真っ当な食事を確保なさってらっしゃる訳でして」

「そうなのですか？」と私は看守の方を向いて言った。

そうだ、と看守は答えた。

「それなら」と私は言って、若干の銀貨を仕出し屋の手に握らせた。「あそこにいる私の友人に格別注意を払ってやってほしい。手に入る限り最高の食事を用意してやってくれ。そして、精一杯丁重に扱うんだぞ」

「では、ご紹介いただけますか？」と仕出し屋は、己の育ちのよさを一刻も早く見せたいと言っているような顔で私を見ながら言った。

バートルビーにとっても損にはなるまいと、私は応じることにした。仕出し屋の名を訊いて、一緒にバートルビーのところへ行った。

「バートルビー、こちらはミスタ・カツレツだよ。大いに助けになってくれるはずだ」

「どうも旦那、よろしくお願い申し上げやす」と仕出し屋は言って、エプロンをつけた身を二つに折り曲げて挨拶した。「どうか心地よくお過ごしになりますよう――ここは地所も広いですし——お部屋は涼しいですし——どうかゆっくりなさっていかれますよう——できるだけのことはさせていただきますから。手前ども、家内が個室を頂いておりまして、よろしければお食事にご招待させていただければと存じます。いかがでしょう？」

「今日は食事をしない方が好ましい」とバートルビーは顔をそらしながら言った。「体に合わないだろうから。食事に慣れていないのだ」。そう言って、ゆっくりと中庭の反対側へ歩いていって、のっぺらぼうの壁と向きあう位置に陣取った。

「どうなってるんです？」と仕出し屋は目を丸くして私に言った。「変わった方ですねえ」

「どうやら少し錯乱しているらしい」と私は悲しい声で言った。

「錯乱してる？　錯乱してるんですかい？　こりゃ参ったね、あたしゃてっきり、文書偽造の旦那かと思いましたよ。文書偽造の皆さんはね、揃って青白くて、お上品なんですよ。お気の毒ですよねえ——ほんとにお気の毒です。旦那、モンロー・エドワーズ〔「偉大なる文書偽造人」と称された有名な犯罪者〕とはお知り合いで？」と彼は心のこもった声で私に問いかけ、言葉を切った。それから、哀れむように片手を私の肩にかけ、溜息をついて、「シンシンで亡くなりましたよ、肺病で。じゃあモンローとはお知り合いじゃなかった？」と言った。

「ああ、文書偽造人の知り合いは一人もいないね。だがもう行かないと。しっかり面倒を見てやってくれよ。損はさせませんから。ではまた」

何日かして、ふたたび墓場への入構許可を得て、廊下を抜けてバートルビーを探しに行った。

だがどこにも見当たらない。

「さっき独房から出てくるのを見ましたよ」と看守の一人が言った。「庭をぶらつきに行ったんじゃないですかね」

そっちへ行ってみた。

「だんまり男を探してるんですか？」と、すれ違いざまに別の看守が言った。「あっちで横になってますよ――あすこの庭で眠ってます。横になるところを見かけてから二十分と経ってませんね」

中庭は静まり返っていた。一般の囚人は入れない場所である。四方を囲む壁はものすごく厚く、その向こうの音を一切通さなかった。エジプトの霊廟《れいびょう》のような煉瓦造りが、その陰鬱さで以て私の心に重くのしかかった。それでも、足下には柔らかな、囚われの芝生が生えていた。どうやら、永遠のピラミッドの深奥《しんおう》で、何か不思議な魔法によって、鳥が隙間から落とした草の種が芽を出したのだ。

壁のすぐ手前で奇妙な格好に丸まり、膝も丸め脇腹を下にして横たわり、冷たい石に頭を載せた、やつれ果てたバートルビーの姿がそこに見えた。だが何も動いていなかった。私は立ち止まった。それから彼の方に寄っていった。屈み込むと、曇った目が開いていた。それ以外は、ぐっすり眠っているように見えた。何かに促されて、私は彼の体に触れた。その手に触れると、ゾクッとした身震いが私の腕を駆け抜け、脊椎《せきつい》を貫き爪先まで下りていった。

と、仕出し屋の丸顔が私を見下ろしていた。「お食事、支度できてるんですがねぇ。今日も召し上がらないんでしょうかねえ？　それともこの方、食事なしで生きてらっしゃるんで？」

「食事なしで生きてるのさ」と私は言って、目を閉じてやった。

「あれっ！――これ、眠ってらっしゃるんですよね？」

「世の王たち、参議たちと〔『ヨブ記』への言及〕」と私は呟いた。

＊　＊　＊

物語をこれ以上続ける必要はもはやないように思えることだろう。哀れなバートルビーの埋葬については、語るべき乏しいことはすべて、想像していただけば十分であろう。だが、読者諸氏とお別れする前に、ひとつ申し上げておきたい。即ち、このささやかな物語にそれなりの興味を覚えていただいて、バートルビーとは何者だったのか、当方が彼を知る以前はいかなる暮らしを送っていたのかをめぐって好奇心を呼び覚まされたとしても、私としてもそうした好奇心を等しく共有するものではあれ、それを満たして差し上げることは私のよくするところではない。けれども、そもそも明かしてよいものかどうかもよく判らないのだが、あるささやかな噂が、彼《か》の書写人の死後何か月か経って、私の耳に届いたのである。噂がいかなる根拠に基づくものかについては、何も確かめられなかった。したがって、これがどこまで真実なのかに関しても何も申し上げられない。だが、この曖昧模糊とした風聞が、私には妙に腑に落ちるところもなくはなかったがゆえに、きわめて悲しい噂ではあるが、他の方々にも同じように思われることもあろうと考え、ここで簡単に紹介しておきたい。こういう話である。バートルビーはワシントンの配達不能郵便取扱課の下級職員をしていたのだが、上層部が交代したため突如解雇されたというのである。この噂に思いを巡らすとき、私を捉える感情の強さはどうにも言葉にしようがない。配達不能郵便《デッド・レターーズ》！　それは死者《デッド・メン》のような響きがしないだろうか？　生まれつき生気なき寄るべなさに苛まれがちだったのが、身の不幸によってさらにその傾向が助長された、そんな男を思い描いてほしい。それをなお一層高める上で、配達不能の手紙を四六時中扱い、火に焼《く》べるべく仕分けする以上にうってつけの仕事があるだろうか？　荷車にどっさり積まれて、手紙は毎年焼却される。時折、畳まれた紙のなかから、青白い顔の郵便局員は一個の指輪を取り出す——それを着けるはずだった指は、もう墓のなかで朽ちつつあるのかもしれぬ。大至急に慈善を果たすべく送られた銀行手形——それによって救われたであろう者はもはや食べも飢えもしない。絶望して死んでいった者たちに赦《ゆる》しを。希望なく死んだ者たちに希望を。一時《ひととき》の安らぎもない不幸によって息の根を止められた者たちに良き報せを。人生の使いを携えて、これらの手紙は死へと急ぐ。

ああ、バートルビー！　ああ、人間！

詩

Poems

（1858〜1864）

エミリー・ディキンソン

Emily Dickinson

蜂と—
蝶と—
風の名において—アーメン!

一八五八

わたしは誰でもない！　あなたは誰？
あなたも–誰でもないの？
じゃあわたしたち二人組ね！
人に言っちゃだめ！　宣伝されるから–ね！

なんてつまらない–誰かになるなんて！
なんて公《おおやけ》な–蛙みたいに–
自分の名前を–永い六月ずっと–
聴き惚れる沼に言いつづけるなんて！

一八六一

Poems
144

最初の日ももう　夜となり―
あんなに恐ろしいことが―
耐え抜かれたのが有難くて
わたしはじぶんの魂に　うたえと命じた―

弦が切れてしまいました　と魂は言った―
弓も―こなごなに散って―
だから　彼女を癒すことが―
次の朝まで　わたしの仕事になった

それから―昨日がふたつあわさったくらい
大きな一日が
わたしの面前でそのおぞましさをあらわし―
わたしの両目をおおいつくした―

脳は―声を上げてわらい出し―
ばかみたいに―わたしはつぶやいた―

何年も前のことだけれど－その日は－
脳はクスクスわらいつづけている－いまも。

そして何かが変なのだ－わたしのなかで－
わたしだったあの人間と－
いまここにいるじぶんと－おなじな気がしない－
もしかしてこれが－狂うってこと？

一八六二

光が追いやられると―
わたしたちは闇に慣れていく―
隣人が　別れの証人とすべく
ランプをかざすときのように―

一瞬―わたしたちはおずおずと
夜の新しさに踏み出ていく―
それから―目を闇になじませ―
道と向きあう―背筋をのばして―

だから　より大きな―闇たちの―
あれら脳の夕べたちの―
気配を　月が顕《あら》わしもせず―
星も―中で―出てこないとき―
誰より勇敢な者たちが―少しばかり手探りで進み
時には木にぶつかる

もろに　おでこで—
けれど見ることを覚えるにつれて—

闇が変わるのか—
それとも　視覚の何かが
真夜中に適応するのか—
人生はほぼまっすぐ歩む。

一八六二

「時は癒す」とひとは言う—
時は癒したことなんかない—
ほんとうの苦しみは
筋肉と同じで、年とともに強くなる—

時は不幸を試すが—
治すのではない—
治したとしたら、それはつまり
病なんてなかったということ—

一八六四

死ぬまでに得るすべてのかなしみが
今日いっぺんに来てくれたら、
わたしはこんなにしあわせだからきっと
かなしみたちも笑って逃げていくだろう。

死ぬまでに得るすべてのよろこびが
今日いっぺんに来てくれても、
いまわたしに起きていることほど
おおきいなんてありえない。

成立年不詳

ジム・スマイリーと彼の跳び蛙
Jim Smiley and His Jumping Frog
（1865）

マーク・トウェイン
Mark Twain

A・ウォード様

拝啓　ご依頼のとおり先日、にこやかで饒舌なるサイモン・ウィーラー老人の許を訪ね、あなたの友人リオニダス・W・スマイリーの消息を訊いてみました。結果を以下に記します。そこから何らかの情報を引き出せるものなら、どうぞ遠慮なくお引き出し下さい。あなたのおっしゃるリオニダス・W・スマイリーなる人物は、作り話ではないかと僕は胸中疑っています。あなたにはそんな知り合いなどいたことはないのであって、僕がウィーラー爺さんにそういう人物について訊ねれば爺さんはきっと自分の知る悪名高きジム・スマイリーのことを思い出し、冗長で散漫、僕にはまったく何の役にも立たぬ忌々しい回想をやり出して僕を死ぬほど退屈させるものとあなたは踏んだんじゃないか。もしそれがあなたの目論見だったとしたら、ミスター・ウォード、大成功でしたよ。

サイモン・ウィーラーはおそろしく古い炭鉱地ブーメランの、くたびれた宿屋の酒場のストーブのかたわらで気持ちよさげにうとうとしていました。太った禿げ頭の老人で、物静かな顔には人なつっこい、穏やかで素朴な表情が浮かんでいました。老人は目を覚まし、やあこんちはと挨拶してくれました。僕は彼に言いました。僕の友人の少年時代の親友でリオニダス・W・スマイリーという人物がおりまして、いまはリオニダス・W・スマイリー牧師になっているのですが、この若き伝道の師が一時期このブーメラン村の住民だったと友人が聞きつけまして、消息を尋ねてくれぬかと頼まれたのです。もしこのリオニダス・W・スマイリー牧師について何かお聞かせいただければ、大変有難いのですが。

サイモン・ウィーラーは僕を部屋の隅に追いつめて、自分の椅子で僕の逃げ道を断ち、それから腰を据えて、以下にはじまる単調な物語をえんえん語り出しました。にこりともせず、しかめ面ひとつ浮かべず、最初のひと言を口にしたときの静かな、穏やかに流れる調子から少しも声を変えず、興奮している様子などこれっぽちも見せませんでしたし、はてしない物語を通してずっと、そこに流れるひたむきさと誠実さたるや実に堂々たるものがあって、よもや自分の話に馬鹿馬鹿しいところ、滑稽なところがあるなどとは夢にも思っていない様子で、これを真に重要な話題と考えていること、二人の主人公をその技量において並外れた天才と見ていることは明白でした。僕から見れば、あんな変な話を、あんなふうに淡々と、一度もにこりともせず語る老人の姿は、何とも理不尽な眺めでした。さっきも言ったとおり、リオニダス・W・スマイリー牧師について知っていることを聞かせてくれと頼んだら、向こうは次のように答えたのです。僕は爺さんの好きなように喋らせ、一度も話を遮りませんでした。

〝ジム・スマイリーって奴なら四九年の冬にここにいたな、いやそれとも五〇年の春だったか、そこらへんはどうもはっきり覚えておらんが、とにかくそのどっちかだったと思うのは、あいつがこの炭鉱地にやって来たときはまだ大用水路が出来上がっておらんかったからだ。けど何にせよあんなに変わった男はおらんかったな、何せ賭けの種と見ればとにかく何にでも相手を探すんだ、で、誰も賭けないと見ると、じゃあ俺がそっちに賭けるからあんたこっちに賭けないか、あんたがよければ俺もそれでいいから、なんて言って、とにかく賭けさえできりゃ満足なわけさ。だけどこれがまたおそろしく運の強い男でな、とにかく半端じゃなく強い。だいたいいつも勝ってたね。年じゅう虎視眈々チャンスを狙っておって、何か持ち上がるたびにじゃあ賭けようぜ、あんたどっちでも好きな方に賭けなよと来るわけだ。競馬をやってたら、レースが終わったときにはたんまり儲けてるか文なしになってるか。闘犬やってりゃ犬に賭ける。闘猫《とうびょう》やってりゃ猫に賭ける。闘鶏やってりゃ鶏に賭ける。何しろ柵に鳥が二羽とまってたって、どっちが先に飛び立つか賭けようぜって言ってくるし、野外集会やってりゃかならずそこに来てウォーカー牧師をダシに賭けを張る。ありゃあこのへんで最高の説教師だぜって奴は言ってたけどそれはほんとにそうで、しかもこの牧師さん、実にいい人だった。そこらへんでカブトムシがどこかへ向かって歩き出したら、行き先に着くのにどれくらいかかるか賭けようぜって言い出して、こっちが乗ろうもんなら、虫がどこへ向かっててどれくらい旅するか知るためにメキシコまでだって追っかけてったよ。あのスマイリーに会ったことある奴ならこのへんに大勢おるから、みんな話してくれるはずさ。とにかくだな、何だって構わんのだ、何にでも賭けるんだよあいつは。いつだったかウォーカー牧師の奥さんが重い病気になってしばらく寝込んじまって、こりゃもう助からないんじゃないかってときに、ある朝スマイリーがやって来て、奥様の具合はいかがですって訊くから牧師が、ありがとう、神の無限のお慈悲のおかげで大分よくなったよ、この調子なら天恵のお導きで回復する見込みはあると思うねと答えたら、スマイリーの奴思わず、「じゃ、しない方に二ドル半賭けます」って言ったもんだ。

で、このスマイリーが雌馬を飼っておってな、みんな十五分駄馬とか呼んどったが、まあふざけてそう言ってるだけで、さすがにもうちょっとは早かった。スマイリーときたらこの馬でずいぶん稼いだものさ――ずいぶんのろいし喘息だかジステンパーだかそれとも結核だったか、なんかその手の持病を患っておったのにな。だいたいいつも二百ヤードか三百ヤードのハンデもらって先にスタートして、そのうちどんどん抜かれてくんだが、ゴール近くまで来ると急に発奮して必死になって、ぴょんぴょん跳びはねて脚を無茶苦茶振り回して宙に投げ上げたり横のフェンスに突っ込んだり、おまけに咳はするわくしゃみはするわ鼻は鳴らすわでますます埃は立てるし騒々しいったらない――で、おしまいはいつもぎりぎり、首差で一着ゴールインするのさ。

奴は小さな雄犬も飼っておって、こいつが見た目には全然駄目な感じで、根性悪そうな顔でそこらへんに陣取って何かかっぱらうチャンス待ってるくらいにしか見えんのだが、いったん自分に金がかかると、これがまるっきり違う犬になるんだな。下あごが汽船の船首楼《フォークスル》みたいに突き出て、歯がむき出しになって溶鉱炉みたいにギラギラ光るんだ。相手の犬が組みついてきて、ぶっ叩いたり嚙みついたり、二三べん投げ飛ばしたりしてくると、アンドルー・ジャクソン――ってのがその犬の名前なんだ――の奴、それでまったく結構、すべて見込みどおりですって顔するもんだから、みんなどんどん相手の犬に倍に倍に賭けてって、さあこれでもう有り金全部賭けたってところまで来ると、いきなり相手のうしろ脚の関節をつかんで、ぴたっとしがみつくんだ――嚙むんじゃないぞ、ただぎゅっとつかまえて相手が音《ね》を上げるまでくっついてるんだよ、一年かかろうとへっちゃらなのさ。スマイリーの奴、その犬でずっと勝ちっ放しだったんだが、あるときこいつをうしろ脚のない犬と取り組ませて――回転ノコギリで両方とも切られちまったのさ――戦いももう十分進んで賭け金もたっぷり積まれたってところでサァいつもの得意技に行こうとしたとたん、犬の奴びっくりした顔して、こいつぁ一杯喰った、これじゃあ万事休すだ、って感じになって、それからがっくり来た顔に変わって、すっかり戦意喪失、勝つ気なくしてコテンパンにやられちまったよ。で、スマイリーに向かって、わたしゃもう駄目です、あんたのせいですよ、こっちはうしろ脚を押さえつける技が頼りなのにあんたときたら脚のない犬と組ませたりして、と言いたげな顔して、よたよたと脇へ行って、横になって、死んじまったんだ。いい犬だったよあのアンドルー・ジャクソンは、生きてたらきっと名をなしただろうな、あいつには力があった、才能があったよ――だってそうだろ、これっていうチャンスもなかった犬なのに、あんな条件であれほど戦えるなんて、才能がなかったらありえないさ。あの最後の戦いのこと、結末のこと考えると、わしゃいつも悲しくなるよ。

で、このスマイリーってのはネズミ捕りテリアや雄鶏や雄猫も飼ってたし、ほかにも何から何まで飼ってるもんだから、とにかく落着かないったらなくて、何を持ってったって絶対その相手を出してくるのさ。それがある日、蛙を一匹つかまえて家に連れて帰って、いっちょうこいつを仕込んでやろうと決めたんだ。それからというもの、三か月のあいだ、朝から晩まで裏庭に座り込んで、その蛙に跳ぶことを教えようとした。で、蛙の奴、ほんとに覚えたのさ。スマイリーがうしろからちょいと押すと、じきにドーナツみたいに宙を回ってる——とんぼ返りを一回、出だしが上手く行ってりゃ二回ばっちり決めて、ぺたっと降りてきて猫みたいに涼しい顔してるんだ。蠅をつかまえる芸もしっかり仕込まれて、年じゅう練習させられてたから、蠅に関しちゃもう百発百中だったたね。蛙はとにかく仕込みさえすりゃいいんだ、仕込めばまず何だってできるようになるのさってスマイリーは言ってたけど、ほんとにその通りだったよ。わしもこの目で見たんだ、奴がダニエル・ウェブスターを——ダニエル・ウェブスターってのがその蛙の名前だったのさ——この床に下ろして、「蠅だぞ！　ダニエル、蠅だ」って声かけると、こっちがまばたきする間もなくパッとまっすぐ跳び上がって、そこのカウンターにとまってる蠅をするっと呑み込んで、またどさっと泥のかたまりみたいに床に降りてきて、うしろ足で頭の横を、蛙ならみんなやれることをやっただけですって顔でぼりぼり掻くんだ。あんなに才能があるのに、あんなに奥ゆかしくて真っ正直な蛙はおらんね。で、平らなところで正々堂々跳ぶとなったら、ただのひとっ跳びでもう、蛙がこんなに跳ぶの見たことないってくらい遠くまで跳んでのける。とにかく平らなところで跳ぶのが一番得意でな、これとなったらスマイリーの奴、一セントでも残ってる限り目一杯賭けてたね。もう蛙のことが自慢で自慢で、そりゃまあ無理ないわな、あっちこっち旅して見てきた連中もみんな、こんなすごい蛙見たことないって太鼓判押してたんだから。

それでこの蛙をスマイリーは小さな格子箱に入れて飼っておって、ときどき町に連れてきては賭けの相手を探してた。ある日、一人の男が——この炭鉱地じゃ見かけない奴だったな——スマイリーが箱を持ってるところに寄ってきて、言った。

「その箱、何が入ってるのかね？」

するとスマイリーは、どうでもよさげな感じで言う。「オウムかもしれんし、カナリアかもしれん、だけど違うのさ——ただの蛙だよ」

すると相手は箱を手に持って、じっくり眺めて、あちこち回してみる。「ふむ——たしかに。で、何の役に立つのかね、この蛙？」

「そうさな」とスマイリーはのんびり気楽そうに答える。「ま、ひとつは役に立つとこがあるかな。キャラヴェイラス郡のどの蛙より遠くまで跳べるのさ」

相手の男はもう一度箱を手にとって、もういっぺんじっくり、しげしげと見てからスマイリーに返して、ひどくゆっくりと言った。「どうかなあ——俺の見たところ、べつにほかの蛙に優ってるところはなさそうだがね」

「あんたにはそう見えるかもしれん。あんたは蛙ってものをわかってるのかもしれんし、わかってないかもしれん。蛙ならずいぶん見てきたのかもしれんし、それとも、言ってみりゃただの素人かもしれん。まあとにかく、俺には俺の意見がある。こいつがキャラヴェイラス郡のどの蛙より遠くまで跳べる方に四十ドル賭けるぜ」

すると相手は少しのあいだ考えてから、やがて、なんとなく切なげに言った。「どうかなあ——俺はただの行きずりの身だしさ、蛙なんか持ってないからなあ——持ってたら賭けるんだが」

「大丈夫——大丈夫さ——ちょいとこの箱持っててくれたら、蛙、見つけてきてやるよ」。そこで男は箱を受けとり、スマイリーのに合わせて自分も四十ドル出して、腰を据えて待つことにした。

そこで男はしばらくそこに座って、一人でさんざん考えた挙げ句、箱から蛙を取り出して、その口をこじ開けて、茶さじを出して、ウズラ撃ちの弾を詰め込んだ。あごのあたりまでたっぷり詰め込んで、床に下ろしたんだよ。スマイリーは沼に行って長いこと泥のなかでびしゃびしゃやった末にやっとこさ蛙を一匹つかまえて、持ち帰って相手の男に渡した。

「さ、あんたの支度ができたら、そいつをダニエルと並べて、二匹の前足が一直線になるように置いてくれ、そしたら俺、号令かけるから」。そうして「一——二——三——跳べ！」——二人ともそれぞれの蛙をうしろからつっつくと、来たばかりの蛙は元気よくはねて跳んでったが、ダニエルはよいしょと体を持ち上げて、両肩を、こう、フランス人みたいに引き上げたものの全然駄目だった。一寸だって跳べやしない。鉄床《かなとこ》みたいにどっしり地べたにくっついて、錨でも下ろしたみたいに動けなかった。スマイリーはえらく驚いたし、頭にも来たけど、いったいどうなってるのか、もちろんわかりっこなかった。

相手の男は金を持って立ち去りかけて、ドアから出るところで肩ごしに親指をぐいっとこっちへ――ダニエルの方へ――向けて、もう一度、ひどくゆっくりと言った。「どうかなあ――俺の見たところ、べつにほかの蛙に優ってるとこはなさそうだがね」

スマイリーは頭を掻き掻きそこに立って、長いことダニエルを見下ろしていたが、やがて言った。「おかしいなあ、いったいこいつ何だって勝負投げちまったのかなあ――どっか悪いのかなあ――何だかえらくふくらんで見えるぞ」――そう言ってダニエルの首根っこをつかんで、持ち上げて、「こりゃあたまげた、この重さ、五ポンドはあるぞ」と言ってひっくり返すと、ダニエルは両手一杯くらいの弾をごぼごぼ吐き出した。それでやっとスマイリーも合点が行って、いや怒ったのなんの――蛙を放り出して男のあとを追ったけど、結局つかまらずじまいだった。で――

［ここでサイモン・ウィーラーは表の庭で自分の名前が呼ばれるのを聞いて、何の用かと見に行きました。］出て行きながら彼は僕の方を向いて、「あんた、そこで待ってなよ。楽にしててくれ、すぐ戻ってくるから」と言いました。

けれど失礼ながら、進取の気性あふるる流れ者ジム・スマイリーの物語をこれ以上聞いたところで、リオニダス・W・スマイリー牧師をめぐる情報が得られるとは思えません。僕は帰ることにしました。

ドアのところで、気のいいウィーラー爺さんが戻ってくるところに鉢合わせると、爺さんは僕をつかまえ、話を再開しました――

「で、このスマイリーがだ、黄色くて片目で尻尾のない牛を飼っておってな、尻尾の代わりにくっついてるのはバナナみたいな短い先っぽだけで――」

「糞喰らえだ、スマイリーと奴のろくでもない牛の話なんて！」と僕は愛想好く呟いて、ごきげんようとご老人に挨拶して、立ち去りました。

敬具

マーク・トウェイン

本物
The Real Thing
（1893）

ヘンリー・ジェームズ
Henry James

I

門番の妻（玄関の呼び鈴に応えるのは彼女の役目だった）から「紳士のお客様です。御婦人も一緒です」と伝えられたとき、私はただちに肖像画の依頼人《シッター》の姿を思い描いた。願望は思考の父であるからして、当時はしじゅうそういう姿が頭に思い浮かんでいたのだ。たしかにこの二人、「シッター」ではあったのだが、私にとって望ましいような意味ではなかった。とはいえ、はじめは、二人が肖像画の依頼に来たのではないと匂わせるところはどこにもなかった。紳士の方は五十がらみの、非常な長身の男性であり、背がぴんとまっすぐ伸びていて、口ひげにはわずかに白いものが混じり、ダークグレーの上着はぴったり体に合っていた。この口ひげと上着に、私はプロの目で——といっても床屋の目でも、むろん仕立て屋の目でもなく——留意した。かりに有名人というものが、しばしば人目を惹く姿をしているものなら、この紳士も私の目に有名人として映ったことだろう。そのしばらく前から私は意識していたのだが、押し出しの立派な人物が誰にもおなじみの名士であることは、まったくと言っていいほどない。御婦人の方を一目見て、私はこの逆説的法則をあらためて思い起こした。「著名人《パーソナリティ》」であるには、彼女の見かけは立派すぎた。それに、二件の例外に同時に出くわすなんてことはまずありえない。

二人のうちどちらも、すぐには口を開かなかった。それぞれが、まずこちらに向けたままなざしをそのままそらさず、相棒に口を開くチャンスを与えようとしているらしかった。見るからに内気な人たちである。そこにただ立って、私にじっくり観察されるがままにしている。あとで思いあたったことだが、実はこれが彼らにしてみれば一番現実的な選択だった。こうすれば、バツの悪そうな様子も、むしろプラスに映る。カンバスに似姿を描かれたい、などという卑俗な願いを口にするにあたって、痛ましいほど気後れする人々はこれまでも目にしてきた。だがわが新たな友人たちのためらいぶりは、ほとんど克服不能の域に達していた。とはいえ、紳士が「妻の肖像画をお願いしたいのです」と言って御婦人が「夫の肖像画をお願いしたいのです」と言うことくらいできたはずだ。ひょっとすると夫婦ではないのだろうか。だとすれば当然、話はもう少し微妙になってくる。ひょっとすると二人一緒に描いてくれというのだろうか。だとすればそのことを伝える第三者を連れてくるべきではなかったか。

「ミスタ・リヴェットに伺いまして」と御婦人がようやく、ほのかに笑みを浮かべて言った。色の褪せてしまった絵を、湿したスポンジで撫でたような、と同時にもはや消え失せた美しさをかすかにほのめかすような、そんな笑みだった。彼女もやはり長身で背がまっすぐ伸びていて、しかも背負っている年月は十年少なかった。顔に何の表情も浮かんでいない女性がここまで悲しそうに見えるものか、と思ってしまうぐらい悲しげな様子である。長年さらされてきた表面のように、色づけされた楕円の仮面は摩擦の跡を見せていた。時の流れは彼女の姿に好き放題手を加えていたが、それはあくまで単純化する方向にであった。彼女はほっそりしていて、こわばっていて、ダークブルーの生地に垂飾り《ラペット》やポケットやボタンが揃ったその服装はたいそう品がよく、夫と同じ仕立て屋を使っていることは間違いなかった。裕福な倹約、とも呼ぶべき曰《いわ》く言いがたい雰囲気を二人とも漂わせている。彼らは明らかに、金を出した分だけの贅沢をしっかり得ている。もし私も彼らの贅沢のひとつということになるなら、交渉にあたってはよく考えねばなるまい。

「ほほう、クロード・リヴェットが私を薦めてくれたのですか？」と私は問い、それは親切なことですとつけ加えたが、考えてみれば彼は風景専門だから、べつだん自分に損はないわけだ。

御婦人は紳士をじいっと見据え、紳士は部屋の中を見回した。それから、しばし床と睨めっこして口ひげを撫でてから、感じのよい目を私に止めて、「あなたがうってつけだと言われまして」と言った。

「描かせていただくとなれば、できるだけのことはさせていただいております」

「はい、お願いしたいです」と御婦人が熱を込めて言った。

「お二人一緒にですか？」

わが訪問者たちは視線を交わした。「私もお使いになれるなら、二倍ということになりましょうかね」と紳士が口ごもりながら言った。

「ええ、もちろんお一人よりお二人の方が画料も高くなりますが」

「相応のことはさせていただければと」と夫が打ちあけるように言った。

「それはどうもご親切に」と私は答えを返した。こういう好意はなかなかお目にかかれるものではない。画家に相応の金を払ってくれる、という意味に私は受けとったのだ。

何か変だという思いが御婦人を捉えたようだった。「つまり、挿絵ということです——あなたがそういうのもおやりになると、ミスタ・リヴェットがおっしゃいまして」

「そういうのも——挿絵?」私も等しくとまどっていた。

「ですから、家内のスケッチを」と紳士が顔を赤らめながら言った。

ここに至ってやっと、クロード・リヴェットがどういうふうに私を薦めたかを私は理解した。私が雑誌や物語本に、現代生活のスケッチを白黒のドローイングで描いていて、そのためのモデルを頻繁に雇っていることをリヴェットは彼らに教えたのだ。それはたしかに嘘ではない。が、と同時に(ここで白状してしまうのがよかろう——白状するのはこの願望がすべてを生む源となってくれたからか、それとも何も生まなかったからかは読者のご想像に委ねよう)肖像画を描く画家、という大いなる名誉を、そしてむろんその報酬を、いまだ私がまだ頭から追い払えずにいたというのもまた事実であった。「挿絵」は私にとって金儲けの手段である。わが名を不朽のものとするためには、別の、私にとってつねに断然もっとも興味深い分野でありつづけてきたジャンルに頼る気でいた。そして、一財産築く上でもその分野に頼ったところで、べつに恥にはなるまい。が、わが訪問者に金を払う気がないことが判明したとたん、一財産は一気に遠のいた。私はがっかりした。というのも、絵としてすでに、私には彼らが見えていたのである。彼らが体現する類型《タイプ》を私はすでに捕らえていて、それをどう扱うかも決めていたのだ。もっとも、あとになって思ったのだが、そのまま描いていたら二人にはあまり嬉しくない絵になっていただろう。

「では、あなたは――あなた方は――」私は驚きを抑え込むとともに切り出した。「モデル」というむさくるしい言葉を私は口に出せなかった。およそ的外れにしか思えなかったのだ。

「わたくしたち、あまり経験がありませんで」と御婦人が言った。

「私ども、何かしないといけないんです、で、あなたのようなお仕事をなさっている絵描きの方なら、私どもをお使いになる道もおありかと」と夫が割って入った。さらに彼は、自分たちには絵描きの知りあいはあまりおらず、まずは、駄目で元々という気持ちで（もちろんあの方は景色をお描きになるわけですが、ご承知のとおり時おり人間も描かれますからね）ミスタ・リヴェットのところへ伺ったのです、何年か前にノーフォークでスケッチをなさっている最中にお会いしたものですからと言った。

「わたくしたちも以前、スケッチを少々やっておりまして」と御婦人がほのめかした。

「お恥ずかしい限りなのですが、私ども、とにかく何かしないといけないんです」と夫はさらに言った。

「もちろんわたくしたち、もうそんなに若くはありませんけれど」と御婦人が力なく微笑みながら認めた。

私どものことをもう少しよく知っていただければ、という一言とともに、いましがた夫は私に、小綺麗な新品の札入れ（彼らの持ち物はどれも真《ま》っ新《さら》だった）から出した名刺を渡したところだった。「モナーク少佐」。貫禄ある言葉だが、情報としてはあまり足しにならない。が、じきにわが訪問者が言い足した。「私、すでに退役の身ですが、私ども財産を失う不運に遭いまして。実際、もはや手持ちはごくわずかなのです」

「ほんとに鬱陶しい話でして」とモナーク夫人が言った。

二人は見るからに、慎み深くあろうとしている。自分たちは良家の人々なのだから、威張ったりしてはならない、そう気をつけている。良家の人間であることが、一種のハンディキャップになりうることを認める気が彼らにあることは私にもわかったが、それと同時に、その下に、自分たちはそこらの人たちにないものを持っているのだという自信を、いわば逆境における慰めとして抱いていることも私は感じとった。たしかに二人はそういうものを持っている。だがその利点が役に立つのは、あくまで社交の場においてだろう。たとえば、客間の見栄えをよくするとか。だが客間というものはそもそもつねに一幅の絵である――あるいはそうあるべきなのだ。

妻が歳に触れたことを受けて、モナーク少佐は言った。「当然、私どもがこういうことに手を出そうと思ったのは、全身の姿を、と思ったからでして。それならいまもきちんと保てます」。私もその瞬間、なるほど全身像がこの二人の強みであることを見てとった。「当然」という夫の一言もうぬぼれには聞こえず、むしろ問題の所在を照らし出していた。「家内の方がもっといいですが」と彼はさらに言って、妻の方を向いた。ディナーのあとで回りくどさも抜けたかのように、ざっくばらんに感じよくうなずく。私としても、あたかも本当にワインを前にしてでもいるみたいに、そうは言っても御自分の姿勢もたいそう御立派ですよね、と答えるしかなかった。相手はそれを受けて、今度はこう返してきた。「私ども思ったわけです、どのみち私どものような人間をお描きになるんだったら、私どもがやらせていただけばいいかと。特に家内は、本に出てくる貴婦人などに」

この二人の話が私は何とも愉快になってきて、もっと楽しもうと、できる限り彼らの見方に合わせてみようとした。たしかに彼らのことを、貸し出し用の動物か、有用な黒人であるかのように、じろじろその体を吟味するのは気まずいものだった。本来ならこの二人は、批判があるとしても表立っては口にしないようなかかわり方でしか私が出会わなかったはずの人たちなのだ。それでも私はモナーク夫人を、できるだけ冷静沈着に眺め、ややあって確信を込めてこう言い放つことができた。「そうですね、まさしく本の中の貴婦人ですね！」。実際彼女は、まさに下手な挿絵のようだった。

「よろしければ、立ってみますが」と少佐は言い、私の目の前に、実に堂々とその体を持ち上げて見せた。

一目でその体格は見てとれた。一八五センチの、完璧な紳士。まだ開業前の、何か看板を必要としている社交クラブがあったら、この人物に給料を払って、一番目立つ窓の前に立たせておく値打ちがあっただろう。私はふと、こうしてここへ来ることで、自分たちに最適の職をこの人たちは逸しているのではないか、と思った。どう考えても広告の仕事の方が向いている。もちろん細かいところまでは目に浮かばなかったが、この二人が誰かに——自分たちにではない——一儲けさせてやる事態を私は思い描くことができた。チョッキを作る仕立て屋、ホテル経営者、石鹼製造業者に役立つ何かをこの二人は持っている。二人の胸に「私どもいつも使っております」と書いた札をピンで留めた、実に効果的な図柄が目に浮かんだ。二人がてきぱきとコースの食事に取りかかる姿も私は思い描けた。

プライドではなく内気ゆえに座ったままのモナーク夫人に、じき夫が言った。「立ちなさい、お前がどれだけ粋《スマート》かをお見せしなさい」。妻は言いつけに従ったが、それを見せるのにわざわざ立ち上がる必要はなかった。彼女はアトリエの端まで歩いていき、おずおずまばたきをくり返す目を夫に向けたまま顔を赤くして戻ってきた。それを見て私は、かつてパリでたまたま目にした光景を思い出した。ある芝居を上演しようとしていた劇作家の友人と一緒にいたとき、一人の女優が現われて、役をもらえないかと頼んできたのだ。いまモナーク夫人がやっているように、彼女もその劇作家の前を行ったり来たりしてみせたのだった。夫人もその女優に劣らず立派にやってのけたが、私は喝采するのは控えた。本当に妙なものだ、こういう人たちがわずかな金にしかならぬ仕事を求めてくるのを目にするのは。モナーク夫人はあたかも一万ポンドの年収があるように見えた。夫の使った言葉は、まさに彼女を言い当てていた――彼女は、ロンドンの今日の通り言葉で言えば、本質的に、典型的に「粋《スマート》」だったのだ。その全身の姿も、同じ発想を拡げれば、見るからに、非の打ちどころなく「見事《グッド》」だった。年齢の割に腰は驚くほど細く、肱も型どおりに折れ曲がっている。首もいかにもそれらしい角度に保っていた。だがなぜ私のところに来たのか？　この女性はどこか大きな店で上着を試着しているべきなのだ。どうやらわが訪問者たちは、貧窮しているのみならず芸術家肌でもあるらしい。下手をするとややこしいことになりかねない。ふたたび腰を下ろした彼女に私は礼を述べ、挿絵描きがモデルに何より求めるのは静かにしていられる能力なのですと言った。

「ええ、静かにしていられますとも」とモナーク少佐は言った。それから、おどけて「いままでずっと、私がそうさせていましたから」と言い足した。

「わたし、そんなにそわそわしたりしないわよね？」とモナーク夫人は夫に同意を求めた。

夫はその答えを私に向けて発した。「いま申し上げても場違いでないと思うのですが――というのもここはやはりビジネスライクにお話しすべきでしょうから――私と結婚したとき、家内は『美しき彫像』で通っておりました」

「あらまあ！」とモナーク夫人は情けなさそうに言った。

「もちろん、ある程度の表情も要ります」と私は応じた。

「もちろん！」二人とも声を上げた。

「それに、ひどく疲れる仕事だということもたぶん御存知ですよね」

「私ども、絶対疲れません」二人はひたむきに叫んだ。

「何か経験はおありで？」

二人はためらった——たがいの顔を見た。「私たち、写真ならさんざん撮られました」とモナーク夫人が言った。

「つまり、撮らせてくれっていろんな人に頼まれたんです」と少佐が言い添えた。

「なるほど——お二人とも大変顔立ちがよいからですね」

「向こうが何を思ったかは知りませんが、とにかくいつも頼んでくるんです」

「だからいつも、ただで写真を撮ってもらっていました」モナーク夫人が微笑んだ。

「何枚か持ってくればよかったね」と夫が言った。

「残っているかどうか。どっさりあげてしまいましたから」と妻が私に釈明した。

「サインとか何かを添えてね」と少佐が言った。

「お店で手に入りますかね？」と私は、害のないお世辞のつもりで訊いた。

「ええ、家内のは——前はありました」

「いまは、もう」とモナーク夫人は目を伏せたまま言った。

自分の写真を人に贈るにあたって、彼らがどういう「とか何か」を添えるかは想像がついたし、きっと筆蹟も見事だろう。彼らに関することとなると、何でもあっさり確信できるのが我ながら妙だった。目下はシリング、ペンスの小銭を稼ぐ身だが、元々さして余裕があったわけではないはずだ。見栄えの良さが彼らの主たる資本だったのであり、この財源から自ずと定まってくる道を嬉々として歩んできたのだ。それが彼らの顔にも表われていた——二十年にわたり、知性なぞは深く眠らせ田舎の屋敷を訪ねて回った日々の生むからっぽさに。耳障りのよい抑揚も、そうしたなかで身についたにちがいない。陽のあたる居間が私には見えた。そのあちこちに、モナーク夫人が自分は読まないがしじゅうモデルとして登場している雑誌が置かれている。濡れた低木林を歩いている、モデルとして座るにも濡れた林を歩くにもぴったりの格好をしている彼女の姿が見えた。少佐が手を貸し皆で獲物を追い立てている情景も見えた。優雅な衣装を着て少佐は夜遅く喫煙室に赴き、獲物についてひとしきり語る。二人の脚絆《きゃはん》やレインコート、洒落たツイードや膝掛け、何本ものゴルフクラブや何箱もの釣り道具、こざっぱりした傘等々が私には思い描けた。召使たちの姿も正確に呼び起こせたし、田舎の駅のホームに置かれた彼らの荷物の簡潔な多彩ぶりまで目に浮かんだ。

チップは少ないが、誰からも好かれている。自分では何もしなくても、どこでも歓迎されている。どこにいても、とにかく見栄えがするのだ。背丈、色つや、「姿」の良さを有難がる世の風潮に彼らは応える。愚鈍さも低俗さも抜きにそのことを自覚していて、それゆえの自尊心を持っている。皮相な人間なのではない。これに関し彼らは徹底していて、自分への手入れを怠らない。これが彼らの「専門」なのだ。かように活動を好む人びとは何らかの専門を持たないといけない。ぱっとしない家でも、彼らがいれば決まって活気が増すと当てにできるだろう。そんな彼らの身に、近年何かが起きた。何が起きたかは問題でない。とにかくささやかな収入は減少し、最低まで落ちたので、何か小遣い稼ぎをしないといけない。友人たちに好かれてはいても、支えてはもらえない。衣服、立ち居振舞い、彼らが体現している類型《タイプ》——彼らにはどこか信用というものを身をもって表わしているところがあった。けれども信用というものが大きなからっぽのポケットであって、時おりチリンという音が鳴りひびくのだとすれば、少なくともそのチリンは聞こえるものでなくてはならない。彼らが私に求めているのは、その実現に手を貸すことである。幸い子供はいない。そのことは私もすぐ見抜いた。彼らはまた、私たちの関係をおそらく内緒にしてほしがるだろう。だからこそ「全身」がいいと言うのだ。顔を描いたら、露見してしまうから。

　私は彼らを気に入った。何とも素朴な人たちではないか。目的に適《かな》ってくれさえすれば、私としても異存はない。とはいえ、なぜだか、何から何まで完璧な二人なのに、私はすんなり彼らに信頼を寄せることができなかった。結局のところ彼らは素人なのだし、素人を毛嫌いすることこそわが生涯最大の情熱なのだ。それとあわせて、私のもうひとつの奇癖は、現実の存在より描かれたものを生来的に好むことである。現実にあるものの欠点は、再現性を欠きがちなことである。そうであるものではなく、そう見えるものが私は好きだ。その方が確実なのだ。本当にそのものであるかどうかは、副次的な、ほとんどつねに無益な問いである。考慮すべき点はほかにもあった。その最たるものは、私がすでに二、三人のモデルを使っていることだった。中でもよく使うのは、足の大きな、アルパカを着た、キルバーンから通ってくる若い人物で、私はこの人物を二年ばかり前から挿絵のモデルとして定期的に起用し、依然として彼女に――あまり褒められたことではないかもしれないが――満足していた。こうした事情を、私はわが訪問者たちに率直に伝えたが、向こうはこっちが思っていた以上に考えていた。自分たちにもチャンスありと踏んだのは、クロード・リヴェットから、とある現代作家の豪華版全集の出版計画を聞かされたからだった。たぐい稀な、低俗な大衆には長年無視され目利きには偏愛されてきた末に（いまさら名を挙げる必要があろうか？――フィリップ・ヴィンセント）、晩年になってようやく正当な評価の兆しを得、じきにその十全なる光を浴びるに至った作家。今日、一般読者が彼を受け入れる姿勢には、実際どこか罪滅ぼしのようなものが感じられた。問題の豪華版にしても、趣味のよい出版社の企画で、いわば本格的な償いの営みと言ってよかった。これに花を添える木版画は、イギリス美術界から、イギリス文壇でもとりわけ個性的な作家に贈られるオマージュとなるはずであった。あなたが加わられる御本に私どもも入れていただければと思いまして、とモナーク少佐夫妻は打ちあけた。全集の第一巻『ラトランド・ラムジー』を私が担当することになっていることを彼らは知っていたのである。だが私は彼らに、この全集に以後もかかわれるか否かは、この巻がどれだけ出版社に満足してもらえるかにかかっていることをはっきり伝えねばならなかった。この一巻はテストなのだ。気に入らなければ、あちらはあっさり私を切り捨てるだろう。したがっていまは私にとって重大な局面なのであり、当然私としてもとりわけ入念に準備し、必要とあらば新しいモデルを探し、最良の類型《タイプ》を確保する気だった。けれども、できることなら、すべてに対応できる二、三人のモデルで済ませたいと思っているのです、と私は白状した。

「ということは、結構、その――特別な服を着ることも多いのでしょうか?」とモナーク夫人がおずおず訊ねた。

「そりゃそうです。仕事の半分はそれです」

「それで、衣装は自分で用意するのでしょうか?」

「いえいえ。ここにいくらでもあります。画家のモデルというのは、画家が着ろと言ったら何でも着る、着るなと言ったら着ない、それに尽きます」

「で、それは――あの――同じなんでしょうか?」

「同じ?」

モナーク夫人はふたたび夫の方を見た。

「妻がお訊ねしたのは」と夫が説明した。「つまりその衣装というのは、誰もが着用するものなのかと」。そうだと認めるしかなかったし、中には年代物の(私は本物の、脂じみた前世紀の遺物をたくさん持っているのだ）、世間の垢にまみれた生身の人間が百年前に着用したものもあることも言っておいた。「私ども、合うものであれば何でも着ます」と少佐は言った。

「あ、それはこっちでやります――絵のなかで合わせますから」

「わたくし、現代の本の方が向いていると思うんですけれども。お望みの格好で伺いますが」とモナーク夫人が言った。

「家には家内の服がたくさんあるんです。現代のお話には間に合うかと」と夫が続けた。

「いや、想像できますよ、お二人が自然に溶け込むいろんな場面が」。実際私は、使い古されたさまざまな小道具を適当に並べ替えた代物の――すなわち、私が読む手間もかけずに挿絵を描こうとしているもろもろの物語の――何とも薄っぺらな舞台にこの御婦人が花を添えているさまを思い描くことができた。とはいえ、この種の仕事に関しては（つまり日々の機械的作業に関しては）、すでに間に合っているという事実もある。いま雇っている連中で十分なのだ。

「わたくしたちただ、人物によってはわたくしたちの方が近いかと」立ち上がりながらモナーク夫人は穏やかに言った。

夫も立った。ぼんやり物言いたげな表情で立ち上がって、彼は私を見た。これほど立派な押し出しの人物の顔にそういう表情を見るのは、どこか切ないものである。「時には足しになりませんでしょうか、どうせなら、その――つまり――？」。彼は口ごもった。続きを私に言ってほしいのだ。だが私には言えなかった――続きがわからないのだから。だから彼は、自分でぎこちなく言い終えた。「本物の方がいいんじゃないでしょうか——紳士や、淑女の方が」。一般論としては私も賛同するにやぶさかでない。大いに一理ありますね、と私は同意した。これに勢いを得てモナーク少佐は、さらに一言、ゴクリと唾を呑みながら——これは演技ではなかった——言った。「本当に大変なんです。私ども、やれることはすべてやってみたんです」。ゴクリと唾を呑むしぐさ、それが多くを語っていた。これで妻の我慢も限界に達した。もう次の瞬間モナーク夫人はソファに倒れ込み、わっと泣き出した。夫はそのかたわらに腰を下ろし、妻の片手を握った。すると彼女はもう一方の手でさっと涙を拭い、顔を上げて私の方を見た。何とも気まずい一瞬だった。「いままで、ありとあらゆる口に当たって」と少佐は言った。「待たされて、祈ってきたんです。そりゃあはじめは、私ども相当まずいだろうと思います。書記だの何だのの口を求めても……貴族の地位をくれと言うようなものです。ですが私、何でもやる気なんです——こう見えても丈夫ですから。使い走りでも、石炭運びでも。金のレースがついた帽子をかぶって、小間物商の店の前で馬車の扉を開けることだってできます。駅でうろうろ待っていて旅行鞄を運ぶことだってできます。郵便配達もやります。でも見てももらえないんです。同じような人間が何千人も、もうやっているんです。元はといえば紳士の、自分のワインを飲んで、自分の猟犬を飼ってきた人たちが！」

できる限り彼らを元気づけようと私は振舞い、まもなくふたたび立ち上がったわが訪問者たちに、まずは試験的に一回やってみましょうと言い、時間についても決めた。ちょうど話している最中にドアが開き、濡れた傘を手にチャーム嬢が入ってきた。ここへ来るのに、チャーム嬢は乗合馬車に乗ってメーダヴェールまで行ってそこから半マイル歩かないといけない。今日の彼女はややむさくるしく見え、若干泥もはねかかっているようだった。彼女が入ってくるたびに、私はいつも、本人はほとんど中身がないのにひとたび他人になると彼女がかくも濃い中身になれることの奇妙さにあらためて感じ入った。痩せた小柄のチャーム嬢、それがロマンスの豊満なヒロインになる。そばかすだらけの下町っ子《コックニー》なのに、貴婦人から女羊飼いまで、とにかく何にでもなれる。声がいい、髪が長いというのと同じように、この女性にはそういう能力が備わっているのだ。綴りもろくにできず、ビール好きだが、二、三の「決め手《ポイント》」をちゃんと持っていて、経験があり、コツも心得ていて、持って生まれた勘もよく、一種独特の感性を持ち合わせ、大の芝居好きで、七人の姉妹がいて、尊敬の念というものをまったく――特にhの音に対しては――欠いている〔ロンドン下町の発音はhの音を落とすことで知られる〕。わが訪問者たちがまず目にしたのは、彼女の傘が濡れていたことであり、汚れひとつない彼らは見るからに顔をしかめた。雨は彼らがやって来たあとに降り出したのだった。

「あたしもうびしょびしょよ、乗合がすっごく混んでて。先生のアトリエ、駅《スタイション》のそばだったらいいのに〔「エイ」が「アイ」になるのもコックニーの特徴〕」とチャーム嬢は言った。急いで支度してくれ、と私が言うと、いつも着替えをする部屋に彼女は入っていった。が、その前に、今日は何になればいいのかと私に訊ねた。

「ほら、あのロシアの王女様だよ」と私は答えた。『『黄金の瞳』を持った、黒いビロードを着てる女さ、『チープサイド』に連載してる長篇の」

「黄金の瞳ね、はぁい！」とチャーム嬢は叫び、私の同席者たちにしげしげと見守られながら隣の部屋に引っ込んだ。遅れてきたときなど、こっちがふり向くよりも早く彼女は着替えを済ませてしまう。彼女を見ることで、自分たちにどういうことが期待されるのかわかるようにと、私はわが訪問者たちをわざと少しのあいだ引きとめたのである。私の持っている一級のモデル像にあの人はぴったりなのだ、あれで実に聡明な人物なのだと私は言った。

「あの方、ロシアの王女様に見えますかね？」モナーク少佐が動揺を隠しきれぬ様子で訊いた。

「見えますよ、私がそうさせれば」

「あ、そうさせないといけないんでしたら――！」と彼は抜け目なく論を進めた。

「それだけやってくれれば十分ですよ。させても駄目な人間は大勢いますからね」

「でしたら、この御婦人なら」――説得力ある笑顔とともに、妻の腕に自分の腕を絡ませる――「はじめからそうですよ！」

「あら、わたし、ロシアの王女様じゃないわ」モナーク夫人は、いささか冷たい口調で言い返した。かつてロシアの王女様を何人か知っていて、彼女たちのことが気に入らなかったと見える。早くもここに、チャーム嬢だったら絶対に心配のないたぐいのややこしさが見えている。

　そのチャーム嬢が、黒いビロードを着て現われ――ガウンはだいぶ色褪せているし肩が細いので相当ずり落ちている——赤くなった両手には日本の扇を持っていた。これから描く場面の、誰かの頭の向こうを見ているという設定を私は彼女に思い出させた。「誰の頭だかは忘れたが、それはどうでもいい。とにかく誰かの頭の向こうを見るんだ」

「ストーブの向こうを見る方がいいわ」とチャーム嬢は言って、火のそばに陣取った。ポーズをとって、背をのばした姿勢に落着き、頭をややうしろに傾けて、扇をやや前方に垂らし、少なくとも私の贔屓目《ひいきめ》には、堂々として魅惑的に、異人風に、妖しげに見えた。そう見えたままの彼女を残して、私はモナーク少佐夫妻と一緒に下の階へ降りていった。

「わたくしもあれくらいはできると思いますわ」とモナーク夫人は言った。

「彼女のことを見すぼらしいとお思いでしょうが、芸術の錬金術を忘れてはいけませんよ」

けれども、二人は見るからに安心した様子で帰っていった。自分たちは本物だという、誰の目にも明らかな利点から生まれる安心感である。チャーム嬢に彼らが内心愕然としていることは想像がついた。アトリエに戻っていくと、彼女の反応は実に愉快だった。彼らの用件を私は彼女に伝えたのだ。

「ふん、あれでモデルやれるんだったらあたしは簿記係やるわよ」とわがモデルは言った。

「実に貴婦人然としているよ」と私は、罪のない挑発を意図して言った。

「その分先生には不都合よ。向こう向けって言っても向けないってことよ」

「上流社会の小説には合うんじゃないかな」

「ええええ、合うでしょうよ！」わがモデルはおどけた口調で断じた。「そういう小説ってさ、あんな人いなくても十分ひどいんじゃないの？」。チャーム嬢を聞き手に、私はしばしばその手の小説を冗談半分に糾弾していたのである。

Ⅲ

初めてモナーク夫人を起用したのは、その手の作品のひとつに生じた謎を解き明かすためだった。夫も一緒に、必要とあらば手を貸すためと称してついて来た。明らかに、妻と一緒に来る方が好ましいらしい。はじめのうち、これは「体裁」を考えてのことだろうか、やたら嫉妬したり干渉したりしてくるのだろうか、と思った。考えるだけでも鬱陶しい話である。もしそうだとはっきりしたら、さっさとお引きとり願うまでである。だがじきに、そういう要素はいっさいないことが見えてきた。夫人について来るのは、単に、（何か足しになるかもしれないという可能性に加えて）ほかに何もすることがないからなのだ。妻が離れてしまうと、彼のすべきことはなくなってしまう。そして妻は、彼から決して離れたことがない。私の見るところ――そしてこの判断は正しかった――目下のような不遇の状況にあって、二人がしっかりつながっていることこそが彼らの最大の拠《よ》りどころなのであり、このつながりにはいかなる弱点もない。それは本物の結婚であり、婚姻を躊躇している者たちにとっては励まし、悲観主義者にとっては割るべき殻、解くべき謎にほかならない。二人の住所はつましい地域の一角であり

（私はのちに、彼らに関して唯一仕事をしている人間らしい要素はあの住所だったな、と思ったものだ）、少佐が一人取り残された侘しい住居を私は思い浮かべることができた。妻といれば、それも耐えられる。妻がいなければ耐えられないのだ。

　自分が役に立てないときに、無理にいい印象を与えようと試みたりしないだけの賢明さを少佐は持ち合わせていた。だから、私が仕事に没頭していて話す気がなさそうなときはただ大人しく座って待っていた。もっとも私の方は、彼に喋らせることを楽しんだ。彼が喋ってくれると、自分の仕事が――喋りが仕事の邪魔になるときは別として――それほどさもしくない、それほど特殊でないものに思えたのである。彼の話を聞くことは、出かけることの楽しさと、家にいることとの経済とを両立させることだった。ひとつだけ障害だったのは、彼と妻が知り合いだった人々を、どうやら私が一人も知らないことだった。私と接していた期間ずっと、私がいったい誰なら知っているのか、少佐には何とも不可解であったと思う。まるっきり、考えるとっかかりもない。だからその手の話はいまひとつ弾まず、結局私たちは、革、さらには酒（馬具屋、膝丈ズボン《ブリーチーズ》職人、上等のクラレットをどうやって安く手に入れるか）、よい汽車、小さい猟鳥の習性といった話題に集中することになった。汽車、猟鳥に関する少佐の知識たるや驚異的であり、駅長と鳥類学者を彼は難なく織りあわせてみせた。大きな話ができなければ小さな話を上機嫌に話すことがこの人物はできるのであり、上流階級の思い出話に相手がついて来られないと見ると、はた目には何の苦もなく、こっちのレベルまで話を落としてくれたのである。

その気になればあっさり相手を張り倒せる人物が、かくも熱心に相手を喜ばせようとするのを見るのは、何とも胸を打つものがあった。火の調節も買って出て、ストーブの通風についても、こちらから訊きもしないのに一家言を披露した。家に関して私がやっているいろいろな処置を、彼がおよそ賢明とは見ていないことが私にも窺えた。私に金があったらあなたに給料をお支払いして正しい暮らし方を教えてもらうんですがね、と彼に言ったりしたものである。時おり彼は、ふっと唐突にため息をついた。その心は——「こんな古くて何もないあばら屋でもいい、私のものになったら何とかしてみせるのに！」。少佐にモデルになってもらうときは、彼は一人で来た。女性の方が気概のあることの証しである。妻は三階に一人でいることに耐えられるし、概して夫よりも控え目なのだ。さまざまな、ちょっとした遠慮がちなしぐさを通して、私たちの関係はあくまで職業的な次元にとどめておく——社交の次元には移行させない——べきだとはっきり意識していることを彼女は匂わせる。自分と夫は雇われているのであって、親交を求められているのではないということを彼女は明確に保とうと努めた。彼女が私のことを、いわば相応の分際にとどめておける目上として認めてはいても、同等の人間として十分よいと考えたことは一度もなかった。

彼女はこの上なくひたむきにポーズをとり、全神経を集中し、まるで写真家のレンズと向きあっているかのように一時間ほぼ不動のままでいることができた。写真を撮られ慣れていることとは私にもわかったが、まさに写真のモデルにはぴったりのその慣れが、なぜか私の目的には彼女を不適にしていた。はじめは私も、彼女のきわめて貴婦人然とした雰囲気が嬉しくて仕方なかったし、全身の輪郭をたどっていくなか、その見事さを目にし、それが鉛筆をぐいぐい引っぱってくれるのを感じて大いに喜んだ。ところが、何回かやってみると、彼女があまりに、どうしようもなくこわばっていることが見えてきた。こっちがどうあがいても、出来上がるドローイングは写真に、あるいは写真を描き写したものに見えてしまうのだ。彼女の全身像には、およそ変化というものがなかった。そもそも本人に、変化という観念がまるでない。そんなのは君の仕事だろう、しかるべき背景のなかに彼女を据えればいいだけの話だろう、と言われるかもしれない。私としても、考えうるあらゆる位置に彼女を据えてはみたのだ。だが彼女はそうした差異をすべて消し去った。つねに間違いなく貴婦人であり、おまけにいつも同じ貴婦人だった。本物ではある。でもいつも同じ物だった。時には、自分は本物だという彼女の自信のあまりの揺るぎなさに、息苦しさを覚えさせられもした。彼女が私に接するとき、夫が私に接するとき、そこにはつねに、これはあなたにとって幸運なことなのだという含みがあった。一方私は、彼女が体現している類型《タイプ》を変えようとするのはあきらめて、代わりに、彼女という人物に近い類型を作り上げようと腐心した。たとえばチャーム嬢相手なら不可能ではない小手先の技である。が、どう配置を考えようと、どれだけあらかじめ手を打とうと、絵のなかの彼女は、どうしても背が高すぎてしまう。大変魅力的な女性が、身長二メートル十として再現されてしまうのである。自分自身、相当に背が低い人間として、むろん私はそんな描き方を望んでいない。

少佐に関してはもっとひどかった。私が何をやろうと、彼を押さえつけることは不可能であり、その結果、筋骨逞しい巨人を描くときしか役に立たなくなった。私は多彩さを、変化の幅を重視する。人間的要素から生じる偶然、本質を照らし出すちょっとした細部を大切にする。人物の性格《キャラクター》を私は綿密に描きたいし、この世で私が何より嫌うのは、類型《タイプ》というものにのしかかられてしまうことである。これに関して、友人たちと喧嘩もしてきた。どのみち我々は類型にのしかかられないわけには行かないのだ、もしその類型が美しいものであるなら(ラファエロやダ・ヴィンチを見よ)、のしかかられるのも益であるはずだ、と主張する彼らと袂《たもと》を分かってきた。私はダ・ヴィンチでもラファエロでもなく、傲慢な若き現代の探求者でしかないかもしれないが、何を犠牲にするにしてもキャラクターだけは犠牲にしてはならないと唱えた。君が逃げようとするその類型なるものは、実はまさにキャラクターそのものかもしれないじゃないか、と説く彼らに、私は――おそらくは浅薄に――「誰のキャラクターだ?」と言い返した。万人の、ということはありえない。それでは結局、誰のものでもないキャラクターということになってしまいかねないではないか。

モナーク夫人を十回あまり描いた末に、私は以前にも増して、チャーム嬢のようなモデルの値打ちは、彼女自身が何ら独自の特徴を持っていないという事実に帰因するのだということを思い知らされた。もちろんそこに、彼女が持っているのが、奇妙にして説明不能な模倣能力だという事実も加わっているわけだが。彼女のふだんの見かけは、大事な上演を頼まれれば自在に上げることのできるカーテンのようなものだ。そしてこの「上演」とは単に何かを匂わせるだけ、暗示するだけの営みだが、それは実に的を射た暗示であり、活きいきとして、綺麗である。時にはそれが、本人は美人でも何でもないのに、あまりに型どおり綺麗すぎるのではと思えることすらあった。彼女をモデルに描いた全身像が、どれも一律に（愚かしく《ベトマン》、と私たち絵描きは言ったものだ）優雅になってしまうといって私は彼女を責めたりもした。そう言われると彼女は、これ以上はないというくらい腹を立てた。たがいに何の共通点もないいろんな人物のモデルになれるのだと思えることこそ、何より彼女の自慢の種だったのである。そんなとき彼女は、先生はあたしの「評判《レピュタイション》」をぶち壊す気なの、と私を詰《なじ》った。

　この「評判」という名の代物は、たしかにわが新たな友人たちがくり返し訪れたことで若干の収縮を被った。チャーム嬢はあちこちから引っぱりだこであり、仕事にあぶれることは決してなかったので、私としても、時おり彼女を外して二人をじっくり試しても良心の呵責は覚えなかったのである。はじめのうちは、本物を描くのはたしかに面白かった。モナーク少佐のズボンを描くのは間違いなく楽しかった。それはまさしく本物だったのだ――たとえ結果として彼が巨人になって出てこようとも。彼の妻の後頭部の髪を描くのも（それは何とも幾何学的に小綺麗だった）、彼女のぴっちりしたコルセットのとりわけ「粋」なすぼまり方を描くのも面白かった。彼女は特に、顔がいくぶんそむけられている、もしくはぼやけている姿勢に向いていたし、貴婦人然としたうしろ姿や半横向き姿のレパートリーもふんだんに持ち合わせていた。まっすぐ背をのばして立つと、ごく自然に、宮廷画家が女王や王女を描くたぐいの姿勢になる。それで私も、この才能を十分活かすべく、『チープサイド』の編集者を説き伏せて本当の宮廷ロマンス「バッキンガム宮殿物語」を出せないだろうか、などと我知らず自問しているのだった。けれど時おり、本物と見せかけとが接触することがあった。つまり、仕事が立て込んでいる日に、チャーム嬢が約束の時間どおりに来たり約束の時間を決めに来たりすると、不愉快なライバルと鉢合わせすることがあったのである。少佐夫妻からすれば、鉢合わせでも何でもない。彼らはチャーム嬢のことを、女中同様に無視していたのだから。べつに意図してお高くとまっていたのではない。ただ単に、仕事に携わる人間として他人とどう親しく交わったらいいか、本人たちはまだ――少なくとも少佐は――そうしたくともわかっていなかったのである。乗合馬車を話題にすることもできない。彼らはいつもかならず歩いてきたからだ。ほかにどう切り出したらいいかもわからない。チャーム嬢はよい汽車にも安いクラレットにも興味はなかったのだ。それにまた、彼女が自分たちを面白がって見ていることを、そんな余計なことばかり知っている自分たちをひそかにあざ笑っていることを、二人とも薄々察していたにちがいない。何かがうさん臭いと思ったら、チャーム嬢はそれを示す機会を逃す人物ではなかった。一方モナーク夫人は、彼女のことを、清潔さが足りないと見ていた。でなければなぜわざわざ私に、（夫人にしてはずいぶん露骨な物言いである）汚い女性は好きでないなどと言ったりするだろう？

ある日、若きチャーム嬢が少佐夫妻と一緒だったとき（彼女は気が向くとお喋りをしに立ち寄ったりもした）、私は彼女に、よかったらお茶を出すのを手伝ってくれないか、と頼んでみた。彼女としても慣れている作業だし、つましい暮らしで召使も使えない私はこの手の仕事をよくモデルに頼んでいたのだ。モデルたちは私の所有物に触れることを楽しんだ。ポーズを取ることの単調さを壊すことを彼らは楽しみ、時にはついでに食器を壊すことも楽しんだ。彼らとしてもボヘミアン気分に浸れたのである。次にチャーム嬢と顔を合わせると、彼女がこの一件に関し大変な剣幕で文句を言うので私は仰天してしまった。あれは自分に恥をかかせようとしたのだと彼女は抗議した。その当日は、べつに侮辱されて憤っている様子もなく、言われたとおり、面白がっているような顔で、ぼんやり黙って座っているモナーク夫人に、クリームとお砂糖はお使いになりますか、と妙に卑屈な笑いを浮かべながら訊ね、この喜劇の一場面を楽しんでいるように見えたのである。抑揚もいろいろ試して、あたかも自分も本物として通用したがっているみたいに見え、少佐夫妻が気を悪くするんじゃないかとこっちが心配になるくらいだったのだ。

だが彼らは、こんなことで気を悪くしたりはしまいと決めていた。そのいじましいほどの忍耐が、彼らの困窮の深刻さを伝えていた。一時間、二時間と、愚痴ひとつ言わずに、使ってもらえるときが来るまでじっと座って待っている。何か仕事があればとまたやって来て、なければ暗い顔も見せずに帰っていく。彼らが退去する際の堂々たる品格を見たいがために、私はわざわざ玄関まで送っていったものである。彼らにほかの仕事を見つけてやろうと、何人かの画家に引き合わせもした。だが彼らはどうにも受けなかったし、その理由は私にもわかった。そうやって失望を味わったせいでますますこっちを頼りにするようになっていることが感じとれて、私は何とも不安になってきた。何しろあちらは、自分たちに一番合っているのは私だとお考えくださっている。画家から見ると彼らは華が足りないし、当時ドローイングを描く本格的なアーティストはそんなに多くなかった。加えて彼らは、私が以前口にした大きな仕事に目をつけていた。我らが誇る小説家に、私が遅ればせの賛辞を絵によって呈するにあたり、自分たちこそがそのしかるべきエッセンスを提供するのだとひそかに思い定めていたのである。この仕事に関しては、私が衣裳の効果だの過去の虚飾だのに頼りはしないことを彼らは知っていた。今回はすべて現代が舞台であり、諷刺の要素があって、おそらくは十分上品だと知っていたのである。私に起用してもらえれば、彼らの将来は安泰だ。これはむろん長期にわたる企画で、安定した仕事なのだから。

ある日モナーク夫人が、夫を従えずにやって来た。今日は都心《シティ》に用があったものですから、と彼女は釈明した。いつものひたむきなこわばりとともに彼女がポーズを取って座っていると、ドアをノックする音がして、それが失業中のモデルの遠慮がちな訴えであることを私は即座に感じとった。入ってきたのは若い、一目で外国人とわかる男で、実際、私の名前以外英語はいっさい知らないイタリア人だった。私の名を彼は、あたかもそれがほかのすべての名を包含するかのように口にした。私はイタリアに行ったことがなかったし、イタリア語に堪能でもない。だが彼は、意思疎通にあたって言葉のみに頼るような人間ではなく——そんなイタリア人などいるだろうか？——ありふれた、だが優雅なジェスチャーでもって、いままさにそこの御婦人がなさっているのと同じ仕事を探しているのだということを私に伝達した。私としては、はじめはあまり気をそそられず、そのまま絵を描きつづけながら、相手が意欲をなくすような、帰れと言っているかのごとき荒っぽい音を発しつづけた。だが相手はひるまず、しつこい感じにではなく、愚鈍な、犬のような忠誠心を目に浮かべてそこにとどまった。無邪気な厚かましさと言ってもいいその態度は、不当に嫌疑をかけられた献身的な召使（実際、何年も前からここで奉公しているみたいな様子なのだ）のそれだった。ふと私は、まさにこの姿勢と表情は絵になると思い立ち、こっちの手が空くまで座って待つよう彼に伝えた。その言いつけに従う姿もまた絵になっていたし、目を丸くして顔を上げ天井の高いアトリエを見渡している様子を、仕事の手は休めずに眺めていると、まだまだほかにも絵になりそうに思えた。何だかサンピエトロ大聖堂で十字でも切っているような風情である。仕事が片付くより前に、私は「文なしのオレンジ売りだが、こいつは掘り出し物だぞ」と考えていた。

モナーク夫人が帰る段になると、彼はいそいそと部屋を横切り、ドアを開けてやった。若きベアトリーチェに魅せられた若きダンテもかくやという趣の、恍惚とした純なまなざしとともに立っている。こういうとき私は、イギリスの奉公人のような無表情を求めはしなかったから、この男はモデルだけでなく召使にも使えると思った（もともと必要だったのだが、それだけのために金を出す余裕はなかったのだ）。要するに、二重の任を引き受けてくれるなら、この快活なる冒険家を雇うことにしようと私は決めたのである。こっちの申し出に彼は飛びつき、とんとん拍子で話が進むなか、私が自分の性急さ（何しろ彼のことなど何ひとつ知らないのだ）に思いあたる暇もなかった。使ってみると、彼は気はいいが注意散漫な雇用人であり、モデルとしては、ポーズということに関し非常なセンスを持ち合わせていた。それは生まれついての、直感的な勘のよさだった。もともと直感に導かれて私の住居のドアにやって来て、釘で止めてある私の名刺に書かれた名前の綴りを解読したわけだが、この勘のよさもそれと同じ直感に属していた。私への紹介状といっても、実は単なる憶測があるだけだった。すなわち、住居の北側に高い窓があるのを外から見て、これはアトリエにちがいないと踏み、アトリエなら画家がいるはずだと推理したのである。よくあるようにひと旗挙げようとイギリスに流れてきて、パートナー一人と、小さな緑色の手押し車とともに一ペニー氷菓子売りの稼業に乗り出した。氷菓子は溶け、続いてパートナーも溶解した。わが若き使用人はぴっちりした黄色の、赤い縞の入ったズボンをはき、名をオロンテといった。顔はやや黄ばんでいるが髪は金髪で、私の古着を着せてみるとイギリス人のように見えた。この意味で彼はチャーム嬢同様に有能だった。求められれば、彼女もまたイタリア人のように見せかけることができたのである。

Ⅳ

夫とともにふたたびやって来たモナーク夫人は、オロンテがアトリエに居ついたのを見て顔をわずかに引きつらせたように見えた。立ちん坊同然のイタリア人の若僧を、堂々たる夫のライバルと見ねばならないとは、彼女にしてみれば不可解な話だったのだ。先に危険を感じとったのは彼女の方だった。少佐はいかにも鷹揚に何も気づかなかった。だがオロンテは、我々にお茶を出しもした。熱意あまって無数の勘違いを犯しつつ（彼にしてみればこんな奇妙な儀式は見たこともなかったのだ）働いている姿を見て、やっと「人手《エスタブリッシュメント》」を入れた私に対する評価をモナーク夫人は上げたと思う。その「人手」を描いたドローイングを彼らは二枚ばかり見て、言われなければ彼が自分たちの代役を務めたとはわからなかったと思うというようなことを夫人はほのめかした。「私たちから直接なさる絵は、私たちそっくりですからね」と彼女は私に指摘し、勝ち誇ったようににっこり笑った。そして私は、これこそまさに彼らの欠点なのだと思いあたった。モナーク夫妻を描くと、なぜか彼らから離れられないのだ。彼らから離れて、こっちが再現したいキャラクターに入っていくことができないのである。そして私としても、自分の絵のなかでモデルが特定できるのでは困る。チャーム嬢なら絶対そういうことはない。この点についてモナーク夫人は、私がチャーム嬢を隠すのは彼女の身分が低いからであり、ゆえに隠すのはきわめて妥当であると考えていた。一方、夫人が隠され失われるのは、あくまで天に召された死者が失われるようなものである。天にいる天使からすれば、喪失どころか獲得なのだ。

このころにはもう私は、大きなシリーズの第一作『ラトランド・ラムジー』に取りかかっていた。すなわち、十点あまりのドローイングを、うち何点かは少佐とその妻の助けを借りて作成し、承認を得るべくすでに出版社へ送っていた。先に触れたとおり、出版社との了解として、今回は一冊全体、私の好きなようにやらせてもらうが、シリーズの今後の作品にもかかわれるかどうかは、今回の出来次第である。率直に言って、私としても、真近に本物がいることで本当に安心な瞬間もままあった。というのも、その本物によく似た登場人物たちが『ラトランド・ラムジー』には出てくる。少佐と同じくらい背がまっすぐ伸びていると思しき人々や、モナーク夫人同様に垢抜けた女性たちが登場するのだ。田舎の邸宅での暮らしもたっぷり書き込まれ、入念な、意を凝らした、どこか皮肉も含んだ、誰にでも当てはまるような文章で描かれている。膝下ズボン《ニッカーボッカーズ》やキルト風スカートの存在もあちこちにほのめかされている。はじめに決めておかないといけないこともいくつかあった。たとえば、主人公の男性の外見はきっちり定める必要があるし、ヒロインの肌の色つやも然り。もちろん作品がある程度の手がかりは与えてくれているわけだが、解釈の余地は残っている。私はモナーク夫妻に事情を打ちあけ、どういうことをやろうとしているかを率直に伝えて、迷っている点や、その対応案を伝えた。「ならばこの人をお使いくださいー」とモナーク夫人は夫を見ながら愛想好く呟いた。少佐もやはり「私の妻以上に相応しい者がおりますでしょうか？」と、いまや私たちのあいだで定着している率直な口ぶりで問うた。

私としては、これらの発言に答える義理はない。わがモデルたちを上手く据えること、その義理があるだけだ。正直言って不安だったし、いささか怖気づきもして、私は問題の解決を先送りした。この本は大部であり、人物もたくさん登場する。まずは、主人公とヒロインがかかわらないエピソードから片付けていった。ひとたび両者を据えたら、彼らに専念するしかない。若きヒーローが、ある場所では二メートル十、ある場所では一七三というわけには行かないのだ。全体として私は一七三の方に傾いていたが、少佐は一度ならず、自分も十分若く見えるということを匂わせていた。たしかに、全身像に関しては、年齢が見えにくいよう彼の姿に手を加えることも十分可能だ。天真爛漫なるオロンテが私の下で働き出してから一か月が経ち、君のその持って生まれた元気のよさは我々の今後のつき合いにとって超えがたい障害になるだろうよ、と何度か伝えた挙げ句に、私ははたと、彼の持つ主人公としての資質に気がついた。背丈は一六八しかないが、足りない数センチはそこに隠れている。はじめのうち、私はほとんど内緒で彼を使ってみた。というのも、このような選択に少佐夫妻がどのような判断を下すか、本気で怖かったのである。チャーム嬢をペテン同然と見なしている彼らだ。本物とはおよそかけ離れたイタリア人の街頭物売りが、名門パブリック・スクールで育った主人公を演じるのを見たら、いったいどう思うだろう？

　私が彼らを少々恐れていたとしても、それはべつに、彼らが高圧的な態度に出たからではない。彼らが重苦しく居座ってしまっていたからでもない。あくまでそれは、救いがたく作法に縛られ神秘的なまでにうぶなままでいる彼らが心底私に頼りきっていたからである。だから、ジャック・ホーリーが帰国して私は非常に嬉しかった。ホーリーはいつでも、実にいい助言をしてくれる。自分は三流の絵描きなのに、問題点をぴたっと見定める力に関して彼の右に出る者はいない。この一年はイギリスを離れて、どこかに——どこだかは忘れた——行って新鮮な目を養っていた。そういう目は私にとって相当恐ろしくもあったが、彼とは古くからのつき合いである。向こうが何か月も外国にいたあいだに、こっちの人生には空虚さが忍び込んできている。もうまる一年、私は彼の放つ矢を受けていないのだ。

　新鮮な目で戻ってきたホーリーではあったが、着ているのは相変わらず黒のビロードの仕事着で、彼が久しぶりに私のアトリエで過ごした晩、我々は夜中まで煙草を喫っていた。自分では何の仕事もせずに、とにかく目だけは磨いてきたから、私のささやかな作物《さくぶつ》を見るにも余計な邪魔はいっさい入らない。『チープサイド』の仕事が見たいと彼は言ってくれたが、いざ見せてみるとがっかりした様子だった。少なくとも、私のアトリエの大きなソファに脚を組んで座り、私の最新のドローイングを見ながら煙草の煙とともに彼の唇から漏れ出た、すべてを評しているかのようなうめき声は、失望を意味しているように聞こえた。

「君、どうしたんだ？」と私は訊ねた。

「君こそどうした？」

「どうもしないさ、訳がわからないだけだよ」

「そうとも、君はまさに訳がわからなくなっている。まるっきり蝶番が外れてる。この新しい酔狂、どういうことなんだ？」。そうして彼は、見るからにぞんざいに、たまたまわが堂々たるモデル二人をともに描いたドローイングをポイと放ってよこした。気に入らないかね、と私が訊ねると、最悪だと思うね、こういうものを目指してるんだってこれまでずっと言ってたのとまるっきり正反対じゃないか、と彼は答えた。私はその言葉にも逆らわなかった。とにかく彼の言葉がどういう意味なのかぜひとも知りたかったのだ。絵のなかの二人は巨大に見えたが、それを言っているのだとは思えない。ひょっとしたら私がそういう効果を狙っているということだってありうるからだ。このあいだ褒めてくれたときと描き方は少しも変わっていないと思うがねと私は言い張った。「いや、きっとどこかに大きな穴があるんだ」と彼は答えた。「ちょっと待ってくれ、いま見つけるから」。ぜひともそうしてほしい。新鮮な目なんてほかにどこにもないのだから。ところが、やっと彼が口にしたのは、「わからないな――とにかく君の選んだ類型《タイプ》が気に入らない」という一言だけだった。これまでずっと、もっぱら作品の完成度、筆遣い、明暗の神秘しか私と語ろうとしてこなかった批評家にしては、何とも貧弱なコメントと言うしかない。

「君がいま見た何枚かに出てくる『類型』は、実に見栄えがすると思うがね」

「いや、こんなの駄目だ！」

「新しいモデルを二人ばかり雇ったんだ」

「そのようだな。こいつらは駄目さ」

「確信があるかね？」

「絶対さ——こいつらは馬鹿だ」

「つまり僕が馬鹿だってことだね——それくらい僕が対処できてしかるべきだからね」

「無理さ、こんなのが相手じゃ。何者なんだ、こいつら？」

必要な限りのことを私が伝えると、彼は無情に「ス・ソン・デ・ジャン・キル・フォ・メトル・ア・ラ・ポルト」（こいつらは外へ叩き出すしかない連中だ）と言い放った。

「彼らを見てもいないじゃないか。二人ともすごくいいんだよ」と私は熱を込めて反論した。

「見てもいない？　君が最近描いたもの全部、こいつらのおかげでまるっきりクズじゃないか。これだけ見れば十分さ」

「ほかには誰も文句は言っていないよ。『チープサイド』の連中も気に入ってくれている」

「ほかの連中はみんな阿呆さ。『チープサイド』の奴らは中でもとびきりの阿呆だ。この期《ご》に及んで大衆に甘い幻想を持ってるふりはよせ、特に経営者と編集者については。君、そういう奴らのために仕事してるんじゃないだろう。見えてる連中、コローロ・チェ・サンノ（わかっている者たち）のために描いてるはずじゃないか。自分に正直にはなれなくても、僕には正直になってくれないと。君ははじめからずっと、ある種のものを目指してきた。そしてそれはすごくいいものだった。でもこの代物は全然違う」。このあと、『ラトランド・ラムジー』と、続けて任されるかもしれない作品に話が及ぶと、ホーリーは私に、船に戻らなくちゃいけない、じゃなきゃ水底に沈んでしまうぞと言い切った。要するにそれは警告の声だった。

　私は警告を気にとめはしたが、わが友人たちを追い出しはしなかった。私としても彼らにはずいぶん退屈させられていた。だがまさに、退屈させられたからこそ、かりに彼らをどうにかするとしても、単なる苛立ちゆえに切り捨ててはならないという思いが胸にあったのだ。この時期をいまふり返ってみると、彼ら二人は私の生活に少なからず入り込んでいたように思う。大半の時間を、私のアトリエで過ごしている彼らの姿が目に浮かぶ。邪魔にならぬよう、二人とも壁を背にして、古いビロード貼りの長椅子に、宮廷の控えの間で待つ二人の辛抱強い廷臣のように座っている。冬の寒さが一番厳しい時期に長居したのは、きっと暖房代を節約するためだったにちがいない。彼らのうぶさももう目新しさが薄れてきて、この人たちは慈善の対象なのだと感じないわけには行かなくなってきた。チャーム嬢が現われると彼らはいつも出ていった。そして『ラトランド・ラムジー』に本格的に取り組むようになってからはチャーム嬢が相当頻繁に現われるようになっていた。彼らは無言のうちに、彼女を使うのは作中の下々《しもじも》の人間を描くためなのだと思っていることを伝えてきた。そして私も勝手にそう思わせておいた。

何しろ彼らは、作品を読もうとしたものの――本はアトリエに転がっていた――それが最上流の社会しか扱っていないことすらわかっていなかったのである。当世屈指の作家の作品を覗いても、どうやら読みとれない箇所がたくさんあるらしい。ジャック・ホーリーに警告されたにもかかわらず、私は依然時おり、一時間かそこら彼らを起用した。いざとなったら、いつでもクビにできる。何も極寒の季節にそうすることはない。ホーリーもすでに彼らに出会っていて――私のアトリエのストーブの前に彼らは陣取っていた――彼らのことを馬鹿げた二人組だと片付けていた。この男も画家だと知って、二人は彼に近づこう、自分たちが本物であることを彼にも示そうとしたが、相手は広い部屋の向こう側から、彼らが何マイルも遠くにいるかのような目で見ただけだった。ホーリーにしてみれば、彼らこそ、この国の社会体制のなかで、自分が何より反発しているものすべての集大成だったのだ。こういう、もっぱら因襲とエナメル革で出来ている、おおだのああだのと一言発してそれっきり会話を途切れさせてしまう連中は、アトリエなんかにいる資格はない。アトリエは見ることを学ぶ場だ。一対の羽毛蒲団を通していったい何が見えるというのか？

　彼らに関して一番煩わしかったのは、わが絵ごころ豊かな召使が『ラトランド・ラムジー』のモデルをはじめたことを彼らに知られるのが私は嫌だった、という点である。頬ひげも立派なら経歴もちゃんとした人物を確保できるのに、私がよりによって外国人の流れ者を街頭から拾ってくるほどの物好きだということは彼らも承知していた（このころにはもう彼らも、芸術家は物好きだという事実を受け容れる気になっていた)。けれども、私がオロンテの能力をどれほど評価しているか、それを彼らが知るにはまだしばらく時間がかかった。彼がポーズを採っているところは一度ならず見たことがあっても、きっと手回しオルガン弾きでも描いているのだろうと高をくくっていた。彼らには思いもよらないことがいくつもあったのだ。たとえば、作品中のある印象的な場面で、召使が束の間登場するのだが、私はふと、その従僕役にモナーク少佐を使おうと思い立った。が、これを実行に移すのは先延ばしにしつづけた。下男の服を着てくれ、と少佐に頼むのは気が重かったし、だいいち彼に合う下男着を見つけるのが一苦労だ。とうとう、冬も終わり近いある日の午後遅くのこと、彼らの蔑むオロンテをモデルに仕事をしていて(オロンテはいつもこっちの意図を一瞬にして理解した)、こいつはすごく上手く行っているぞ、と私がいい気分に浸っていると、少佐と妻が入ってきた。いかにも社交界風に、笑えることなど何もないのに(笑えることはどんどん少なくなってきていた)笑い声を上げている彼らは、前々からそう思っていたのだが、教会の礼拝を終えたあとに庭園を抜けてやって来て昼食にとどまるよう説き伏せられた田舎の訪問客みたいだった。昼食はもう終わったが、お茶に残ることはできる。彼らがお茶を望んでいることが私にはわかった。だが私は乗りに乗っていたし、日も暮れてくるなか、わがモデルにお茶を淹れさせて熱気を冷ましてしまうわけには行かない。そこで、私はモナーク夫人に、よかったらお茶を出してもらえないかと頼んだ。こう求められて、一瞬、体じゅうの血が夫人の顔にのぼってきた。目が一秒間、夫の目に向けられ、何か無言の電信が交わされた。愚かな思いは次の瞬間もう消えていた。夫の陽気な抜け目なさが、それに終止符を打ったのだ。つけ加えれば、私も私で、傷つけられた彼らの自尊心を哀れむどころか、ここはひとつとことん思い知ってもらおうという気になっていた。二人は一緒になってあたふた動き、カップとソーサーを出し、やかんで湯を沸かした。私の召使に仕えているような気持ちを彼らが感じていたことが私にはわかる。お茶が入ると私は「オロンテにも一杯頼むよ――疲れているから」と言った。彼が立っているところにモナーク夫人がその一杯を持っていくと、オロンテはパーティに来ている、オペラハットを肱で押さえている紳士のようにそれを受けとった。

やがて、彼女は私のために非常に大きな努力をしてくれているのだ、一種高貴な気持ちでこうしてくれているのだということが私にもだんだん感じられてきた。何らかの償いはしてやらねばなるまい。このあと、彼女に会うたび、何がその償いになりうるだろうと私は思案した。彼らのためだからといって、間違ったことをやりつづけるわけには行かない。これまで彼らがモデルを務めたたぐいの仕事、それは明らかに間違っている。もはやそう言っているのはホーリー一人ではなかった。『ラトランド・ラムジー』のためのドローイングを私はすでに何枚も出版社へ送っていたが、その返事として、ホーリーのそれよりもっと歯に衣着せぬ警告を受けとっていたのである。これらの挿絵の多くは求められていたものではない、というのが出版社の芸術顧問の見解だった。そう言われた挿絵の大半はモナーク夫妻が描かれている絵だった。

では何が求められていたのか、という問いは問わずとも、この調子では今後シリーズへの依頼は望めないことを私は見てとった。私はなかば自棄《やけ》になってチャーム嬢に頼りきり、彼女をとことん使いまくった。オロンテも大っぴらに主人公として採用し、そればかりか、ある朝、少佐がアトリエに顔を出したときのこと、前の週にやりかけた『チープサイド』のための全身像を終えなくていいか、と少佐に訊かれると、気が変わった、オロンテを使うことにする、と私は答えた。こう言われて、わが訪問者の顔から血の気が失せ、彼は立ちつくして私を見た。

「あの男があなたにとってのイギリス紳士像なのですか？」と彼は訊いた。

私は落胆し、落着かない気分だった。さっさと仕事に戻りたかった。だから、苛立ちを隠さずに答えた。「ねえ少佐、あなたのために私が破滅するわけには行きませんよ！」

彼はもう一瞬立ったままだった。それから、一言も言わずにアトリエを去った。彼がいなくなると、私はふうっと大きく息を吸った。もう二度と彼の顔を見ることもあるまいと思った。作品を没にされる危険をはっきり伝えたわけではなかったが、彼があたりに漂う破局の空気を感じとらなかったことに、私たちの無益な共同作業の教訓を私と一緒に読みとらなかったことに、私は苛立っていた。芸術という人を惑わす大気にあっては、どれだけ世間的には立派なものでも、時に可塑性を欠いてしまう——その教えが、彼には見えていなかったのだ。

未払いの金はなかったが、結局二人とはふたたび顔を合わせた。三日後に二人一緒に現われたのである。この状況にあっては、そのこと自体に、どこか悲劇的な雰囲気が漂っていた。私から見てそれは、彼らがほかに何ひとつすることが見つけられないことの証しだった。きっとあれ以来、二人で陰鬱な会議を開き、徹底的に話しあったにちがいない。自分たちがシリーズに入れてもらえないという凶報を、二人で吸収しようと努めたにちがいない。『チープサイド』にすら使ってもらえないとなると、自分たちの存在意義はもはや定かでなくなってくる。私としてもはじめはてっきり、彼らがやって来たのは、許しの気持ちをもって、礼儀作法どおり、最後の別れを告げるためだと考えた。そう思うと、目下一悶着起こしている暇などないことを私は内心ひそかに喜んだ。さっきから私は、ほかのモデル二人を一緒に組み合わせて、これは傑作になるぞと思えるドローイングを描いていたのである。発想の源になったのは、ラトランド・ラムジーが、アーテミジアの座っているピアノ用丸椅子のそばに椅子を持ってきて、難しい曲を懸命に弾いているふりをしているアーテミジアに向かって途方もない言葉を発する一節である。ピアノに向かったチャーム嬢は前にも描いたことがあったし、彼女はその姿勢を非の打ちどころなく詩的な優美さとともに取ることができた。二人の姿がまさにひとつの「絵」になってくれればと私は思ったわけだが、わがイタリア人は私の想念を完璧にくみ取ってくれた。二人は私の眼前に活きいきと並んでいた。ピアノもすでにしかるべき位置に引っぱり出してある。それは魅力的な絵だった。若さが溶けあい、愛の言葉が交わされ、私はただそれを捕まえ、逃さずにいればよかった。訪問者二人は立ったままそれを眺め、私は肩ごしに時おり友好的な言葉を投げた。

彼らは何も反応を返さなかったが、何も言わない話し相手には私も慣れている。私は仕事を続けたが、この一枚は最高だという高揚感はあっても、結局まだ彼らを追い出していないことで若干の不安も残っていた。まもなくモナーク夫人の優しい声が横から、というか上から聞こえてきた。「あの髪、もう少し上手にやってあればねえ」。顔を上げると、夫人は奇妙にすわった目で、彼女に背を向けているチャーム嬢をじっと見つめている。「私、ちょっと触ってもいいでしょうか?」と夫人はさらに言った。その問いに、私は思わず、彼女がチャーム嬢に危害を加えるかもしれないと本能的に恐れたかのように飛び上がった。だが夫人は、私が決して忘れないであろうまなざしでもって私の気持ちを鎮め――あの表情を絵に描きたかったとつくづく思う――わがモデルの方へしばし寄っていった。そして彼女に向かって穏やかな声で一言二言囁き、肩に片手を置いて、彼女の方にかがみ込んだ。相手の意を解した娘が有難そうにそれを受け容れるなか、夫人は彼女の荒っぽいカールに、ささっとすばやく何度か手を入れ、その結果、チャーム嬢の頭部の魅力は倍増した。それは私がこれまで目にした最も英雄的な奉仕だった。それからモナーク夫人は低いため息をついて顔をそらし、何かすることはないかとあたりを見回して、気高い謙虚さとともにかがみ込んで床に手をのばし、絵具箱から落ちた襤褸《ぼろ》切れを拾い上げた。

一方少佐も、やはり何かすることはないかとさっきから探していて、アトリエの反対側まで歩いていって、私が食べ終えた朝食の食器が放ったらかしになっているのを目にした。「じゃあ私はこっちをやりますから」と彼は、抑えようもなく震えた声で私に呼びかけた。残念ながらぎこちなかったであろう笑い声でもって私は同意し、その後十分間、私が仕事を続けるなか、磁器がぶつかる音、スプーンやコップがかちんと鳴る音が聞こえていた。モナーク夫人も夫を手伝い、二人で瀬戸物を洗って片付けた。小さな食器洗い場に彼らはさまよい込んでいき、あとで見たらナイフも綺麗にしてあったし乏しい皿のストックも前代未聞の輝きを獲得していた。そのことが——彼らがやっていることとの無言の雄弁さが——私にもだんだん伝わってくると、目の前のドローイングが一瞬ぼやけたことを、絵が揺らいで見えたことを私は白状する。自分たちの挫折を彼らは受け容れたが、運命を受け容れられはしなかった。本物でないものに較べて本物の方がずっと価値が低いという倒錯した残酷な掟を前にして、呆然と頭《こうべ》を垂れはしても、飢え死にしたくはなかったのだ。召使がモデルになるのなら、モデルが召使になってもいいではないか。役割を入れ替えるだけのことだ。ほかの者たちが紳士と淑女のモデルを務め、自分たちは体を使って働く。とにかくこのアトリエには残る——それは私に向けられた、どうか追い出さないでほしいという、必死の、無言の訴えだった。「どうか使ってください」彼らはそう言おうとしていた。「私ども、何でもしますから」

　こうしたすべてが私の前に浮かび上がると、霊感は消えた。鉛筆が私の手から落ちた。絵はもう駄目になった。私はモデルたちを下がらせた。彼らも見るからに、よくわからないものを前にして畏怖の念に打たれていた。それから、少佐とその妻と三人だけになって、私はこの上なく気まずい瞬間を過ごした。自分たち二人の祈りをひとつのセンテンスに込めて、少佐は言った。「あの、ですからその、私どもにやらせてもらえませんか?」。無理だ、私の食べ残しを彼らが捨てるのを見るなんて。だが私は、彼らの願いを入れて、無理ではないふりを一週間ばかり続けた。それからまとまった金を彼らに与え、立ち去らせた。私は二度と彼らに会わなかった。結局シリーズの続きは依頼されたが、わが友ホーリーは、モナーク少佐夫妻が私に回復不能な害を及ぼした、彼らのせいで私が二流のごまかしに走るようになったとくり返し嘆く。もしそうだとしても、私としてはその代価を払ったことに不満はない。私の許には思い出が残ったのだから。

賢者の贈り物

The Gift of the Magi

（1905）

O・ヘンリー

O. Henry

一ドル八十七セント。それで全部だった。そのうち六十セントは一セント貨。乾物屋や八百屋や肉屋でさんざん値切って、よくまあそこまでケチケチできるものだと言いたげな無言の非難に頬を赤くしながら一枚、二枚と貯めた一セント貨である。デラは三度数えてみた。一ドル八十七セント。そして明日はクリスマスだ。

あとはもう、みすぼらしい小さなカウチに倒れ込んでわあわあ泣くしかない。だからデラはそうした。これに促されて、我々はひとつの道徳的洞察を打ち立てる。人生とはわあわあ泣きとしくしく泣きと笑顔から成っていて、中でもしくしく泣きが主流である、と。

女主人がいま挙げた第一の段階から第二の段階へと徐々に落着いていくすきに、家のなかを見てほしい。家賃週八ドルの、安物の家具付きアパート。筆舌に尽くしがたい《ベガー・ディスクリプション》とは言わぬまでも、警察の乞食《ベガー》狩り隊に目を光らせているのは間違いなさそうな室内ではあった。

階下の建物玄関には、いかなる郵便も入ってこない郵便箱と、いかなる人の指もブザーの響きを引き出しえない呼び鈴があった。それに加えて、「ミスター・ジェームズ・ディリンガム・ヤング」の名を冠した名刺。

「ディリンガム」は、かつてこの名の所有者が週三十ドル稼いでいた繁栄期にさっそうと掲げられたものだった。収入が二十ドルに減少したいま、Dillingham の文字もかすれてきて、より控え目で謙虚なDのみへの収縮を文字たちが真剣に検討しているように見えた。だがミスター・ジェームズ・ディリンガム・ヤングが帰宅して階上の自宅に到達するたび、読者にはすでにデラの名で紹介済みのミセス・ジェームズ・ディリンガム・ヤングによって彼は「ジム」と呼ばれ、ぎゅうっと抱擁されるのだった。誠に結構な話。

泣き止んだデラは、涙の痕跡を消そうと頬に白粉《おしろい》をはたいた。窓辺に立って、灰色の裏庭の灰色の塀の上を歩く灰色の猫をぼんやり眺めた。明日はクリスマスで、ジムにプレゼントを買うお金は一ドル八十七セントしかない。何か月も前から、貯められるお金は一セント残らず貯めてきたのに、その結果がこれ。週二十ドルでは大したことはできない。出費は彼女が計算していたより多かった。出費とはつねにそういうものだ。ジムにプレゼントを買うのにたったの一ドル八十七セント。彼女のジム。ジムに何か素敵なものを買ってあげようとあれこれ計画を練ることで、これまでデラは多くの幸福な時間を過ごしてきた。何か素敵な、めったにない、堂々としたもの——ジムによって所有される栄誉に少しでも相応しい何か。

部屋の窓と窓のあいだには窓間鏡《まどあいきょう》があった。週八ドルのアパートの窓間鏡は読者もご覧になったことがおありかもしれない。ひどく痩せた、ひどくすばしこい人物であれば、経線を順次迅速に移行し、己の鏡像を連続的に観察することによって、自分の外見をまずまず正確に把握できるかもしれない。細身であったデラは、この技をマスターしていた。

彼女は突如さっと窓から向き直り、鏡の前に立った。目は明るく輝いていたが、顔はその色つやを二十秒で失った。彼女は手早い動作で髪をほどいて、まっすぐに垂らした。

さて、ジェームズ・ディリンガム・ヤング夫妻には、彼らが大変誇りに思っている所有物が二つあった。ひとつはジムが父から、父もその父から受け継いだ金時計。もうひとつはデラの髪であった。もしかりにシバの女王が通気孔の向こうの部屋に住んでいたなら、デラはきっとある日、ひたすら女王様の宝石や貢ぎ物を霞《かす》ませんがために、その髪を乾かそうと窓から垂らしたことだろう。ソロモン王がアパートの管理人で、地下室に宝物を山とため込んでいたなら、ジムはきっと通りがかるたびに時計を取り出し、王が嫉妬のあまり顎ひげをかきむしるのを見たことだろう。

かくしてデラの美しい髪は、いまも彼女を囲むようにして垂れ、黄金色の滝のごとくに波打ち、輝いた。膝の下まで届いて、ほとんどそれ自体ひとつの衣服であった。やがて彼女はふたたびせかせかとすばやく髪を上げて留めた。その間一度動きが鈍り、立ち尽くす彼女の目から涙が一粒二粒、すり切れた赤い絨毯の上に落ちた。

古い茶色の上着を着る。古い茶色の帽子をかぶる。スカートの裾を渦巻かせ、目に光るものを湛えたまま、デラはそそくさとドアを抜け、階段を降りて街路に出る。

立ち止まった彼女の前に、看板があった。「マダム・ソフロニー　髪用品各種」。二階への階段を駆け上がり、肩で息をしながら気持ちを落着けた。マダムは大柄で、ひどく色が白く、冷淡そうで、全然「ソフロニー」という感じではなかった。

「この髪、買ってくださいます？」とデラは訊いた。

「髪、買うよ」とマダムは言った。「帽子を脱いで、どんな髪か見しとくれ」

黄金色の滝が波打って落ちた。

「二十ドル」とマダムは慣れた手付きで髪を持ち上げながら言った。

「いますぐ下さい」とデラは言った。

ああ、その後の二時間は、薔薇色の翼に乗って飛ぶように過ぎていった。なんていう陳腐な比喩はどうでもよろしい。彼女はジムへのプレゼントを探して店から店を漁っていた。

そしてとうとう見つかった。絶対ジム一人のために作られた品だ。どの店にも、これと似たようなものはひとつもなかったし、もう全部の店の隅から隅まで見て回ったのだ。それはプラチナ製の、時計につける小鎖で、デザインはシンプルにして簡素、けばけばしい装飾などによってではなく、一流の品がすべてそうであるように、あくまで実質によってその価値を高らかに宣言していた。ほかならぬあの時計《ザ・ウォッチ》につけても見劣りしない。一目見たとたん、これはジムのものにならねばならないと悟った。いかにも彼に相応しい。物静かさと真価、そうした言葉がジムと鎖の両者にあてはまる。言い値は二十一ドル、彼女はそれを支払い、残りの八十七セントを携えて急いで家に帰った。この鎖があれば、ジムはどこで誰といても、堂々と時間にこだわることができる。時計は立派でも、鎖の代わりにつけてある古い革紐を気にして、時にこっそり見ることを強いられていたのである。

アパートに戻ると、デラの陶酔は、分別と理性にいくぶん道を譲った。カール用アイロンを取り出し、ガスの火を点け、愛情に気前よさが上乗せされた結果もたらされた惨状を修復する作業に取りかかった。これはつねに大仕事である。友よ、それは一大事業なのだ。

　四十分後、デラの頭部は小さな短いカールに覆われ、そのせいで彼女は学校をサボっている中学生に驚くほど似て見えた。鏡に映った自分の姿を彼女は長いこと、注意深く、批判的に眺めた。

「一目見ただけでジムに殺されないとしても」と彼女は胸の内で言った。「きっと私のこと、コニーアイランドのコーラスガールみたいだって言うわ。でもどうすればよかったの――ああ！　一ドル八十七セントでどうすればよかったの？」

　七時にコーヒーが淹れられ、フライパンがレンジの奥に載せられて熱せられ、骨付肉《チョップ》を焼く準備も整った。

　ジムは絶対に遅れなかった。デラは手のなかで小鎖を二つに折って、テーブルの隅、彼が入ってくるはずのドアの近くに座った。やがて、玄関からの最初の階段をのぼってくる音が聞こえ、デラの顔からほんの一瞬血の気が失せた。ごく簡単な日常の物事について黙って短いお祈りを唱えるのが習慣の彼女は、いままたささやいた――「神さまお願いです、あの人に私のことをまだ可愛いと思わせてください」

　ドアが開いて、ジムが入ってきてドアを閉めた。痩せていて、ひどく深刻な顔をしている。気の毒に、まだ二十二歳なのに、家庭の重荷を背負って！　彼には新しいコートが必要だったし、手袋もなかった。

部屋に足を踏み入れたジムは、ウズラの匂いを嗅ぎつけたセッター犬のように微動だにしなかった。目はデラに釘付けになって、その顔にはデラには読みようのない表情が浮かび、それが彼女を心底怯えさせた。怒りでも驚きでもなく、非難でも嫌悪でもなく、デラが覚悟していたいかなる感情でもなかった。ジムはただひたすら、その奇妙な表情を浮かべたままぽかんとデラを見ていた。

デラは体をもじもじさせてテーブルから離れ、彼のもとに行った。

「ねえジム」と彼女は叫んだ。「そんなふうに私を見ないで。あなたにプレゼントをあげずにクリスマスを過ごすなんて耐えられないから、髪を切って売ったのよ。また伸びてくるわ――ねえ、構わないでしょ？　こうするしかなかったのよ。私の髪、すごく伸びるのが早いのよ。『メリークリスマス』って言ってよジム。楽しく過ごしましょうよ。すごく素敵な――すごく綺麗で素敵な贈り物があるのよ」

「髪、切ったのかい？」とジムはたどたどしく、あたかも懸命に精神を駆動した末にもまだその明白な事実にたどり着いていないかのように言った。

「切って、売ったのよ」とデラは言った。「私のこと嫌いになったりしないわよね？　髪がなくても、私は私よね？」

ジムは物珍しそうな目で部屋のなかを見回した。

「髪、なくなったの？」ほとんど呆けたように彼は言った。

「探しても無駄よ」とデラは言った。「売ったのよ――売って、なくなったのよ。ねえ、今日はクリスマスイブなのよ。優しくしてよジム、あなたのために売ったのよ。私の髪、きっとじきになくなる運命だったのよ――あと何日って寿命が数えられたのよ」にわかに真剣な優しさを込めて彼女は言った。「でもあなたへの私の愛は、誰にも数えられやしない。ねえ、もうチョップを火にかけましょうか？」

呆然とした状態から、ジムは一気に目ざめたようだった。ジムは彼のデラを抱きしめた。十秒間、我々は別の方角の、何か取るに足らない事物を慎み深く吟味することにしよう。週八ドル、年百万ドル、何が違うのか？　数学者や才人の出してくる答えは間違っているだろう。東方の三博士は貴い贈り物を持ってきたが、正解はそのなかには入っていなかった。この謎めいた断言についてはのち明らかにされるであろう。

ジムはコートのポケットから包みをひとつ取り出して、テーブルの上にポイと投げた。

「勘違いしないでくれよ、デル」と彼は言った。「髪を切るとか剃るとかシャンプーするとかで、僕の可愛いデルを好きでなくなったりなんかしない。でもその包みを開けたら、僕がしばらく唖然としてた訳がわかるよ」

白くすばしこい指が紐と紙を剝ぎとる。それから、恍惚の叫び。それから、ああ！　ヒステリックな涙と嘆きへの、女らしい瞬時の変化。アパートの世帯主はただちに、持てる力をありったけ駆使して慰撫に努めることを余儀なくされた。

というのも、そこには、あの櫛たち《ザ・コームズ》が横たわっていたのだ。ブロードウェーの店のウィンドウに飾ってあった、デラがずっと前から崇めていた、髪の横とうしろを留める櫛セット。本物の鼈甲《べっこう》製の、縁に宝石をちりばめた、消滅したあの美しい髪にぴったりの色あいの美しい櫛。高価な品だと知っていたから、所有するなどという望みはこれっぽちもなしに、彼女の心はひたすらそれらを慕い、それらに焦がれたのだった。いまそれが我がものになったのに、憧れの髪飾りが飾るべき髪はなくなってしまった。

けれど彼女はそれを胸に抱き寄せ、やっとのことで霞んだ目を上げ、にっこり笑ってこう言うことができた――「私の髪すごく伸びるのが早いのよ、ジム！」

それからデラは、毛が焦げた仔猫みたいに飛び上がって、「そうだ！　そうだ！」と叫んだ。

ジムにまだ綺麗な贈り物を見せていないのだ。彼女はそれを、開いた手のひらに載せ、ひたむきな目で差し出した。鈍く光る貴金属は、彼女の明るく熱い思いを映して輝くように見えた。

「素敵でしょ、ジム？　町じゅう探したのよ。これからは一日に百回時間を見なきゃ駄目よ。時計、貸して。鎖つけたらどうなるか見たいの」

言うとおりにする代わりに、ジムはどさっとカウチに倒れ込んで、両手を頭のうしろに回して、にっこり笑った。

「ねえデル」と彼は言った。「クリスマスプレゼントはしばらくどっちも仕舞っておこうよ。いますぐ使うのは勿体ないからさ。君に櫛を買うお金を作るために、時計は売っちゃったんだ。

まずはチョップを火にかけないか」

ご承知のとおり、東方の三博士は揃って賢者であった。素晴らしい賢者三人が、飼葉桶の赤子に贈り物を持ってきたのである。彼らはクリスマスプレゼントを贈るという術を発明した。賢者であるからして、彼らの贈り物は疑いなく賢明なものであったろうし、万一重複した場合には交換の特典すら付いていたかもしれない。しかるにここで私がつたなく語ったのは、たがいのために家の最大の宝二つをおよそ賢明でないやり方で犠牲にした、アパートに住む二人の愚かな子供をめぐるごくささやかな物語である。けれども、今日の賢者たる方々に最後に一言言わせていただくなら、この二人こそ最大の賢者なのだ。贈り物を与え、受けとるすべての人びとのなかで、彼らのような者たちこそ最大の賢者である。どこであろうと彼らこそ最大の賢者である。彼らこそ東方の博士なのだ。

火を熾《おこ》す

To Build a Fire

（1908）

ジャック・ロンドン

Jack London

明けた朝は寒く灰色だった。おそろしく寒い、灰色の日。男はユーコン川ぞいの本道から外れて、高く盛り上がった土手をのぼった。道筋もはっきりしない、人もほとんど通らない道がそこから東へのびていて、太いエゾマツの並ぶ林を抜けている。土手は険しく、男は上までのぼりつめると、時計を見るのを口実に立ちどまって一息ついた。九時。空には雲ひとつないのに太陽は出ておらず、出る気配もない。曇りでもないのに、あらゆるものの表面に見えない帳《とばり》が降りて、微妙な翳《かげ》りが朝を暗くしていた。これもみな太陽が出ていないせいだが、男はべつにそれも気にならなかった。太陽が出ないことには慣れていた。もう何日も太陽を見ていなかったし、まだあと何日かしないと、あの陽気な球体が真南の地平線上に顔をのぞかせてたちまちまた姿を消すこともないはずだ。

男は来た方角をさっと見返した。ユーコン川は一キロ半の川幅を、一メートル近い氷の下に隠している。さらにこの氷の上に、同じく一メートル近い雪が積もっている。何もかもが真っ白で、川が凍結して詰まり氷《アイスジャム》が出来たところはなだらかにうねっている。北も南も、見渡す限りどこまでも白が続く。そのなかを、毛のように細い線が一本だけ、エゾマツに覆われた島から南へ曲がりくねってのび、北にも曲がりくねってのびた末に、やはりエゾマツに覆われた別の島の陰に消えていた。この黒い毛のような線が道である。これが本道であって、南には八百キロ、チルクート峠、ダイイー、さらにその先の海まで通じており、一方北はドースンまで百キロちょっと、そこからさらに北へ千五百キロのびてヌラートに至り、なお二千五百キロ行ってベーリング海沿岸のセントマイケルにたどり着く。

だがこうした、延々とのびる毛のように細い神秘的な道も、空に太陽が出ていないことも、すさまじい寒さも、そうした何もかもの不思議さ奇怪さも、男には何の感銘も与えなかった。もう慣れっこになっていたからではない。男はこの地では新参者《チチャーコ》であり、ここで冬を過ごすのはこれが初めてだった。男の問題点は、想像力を欠いていることだった。人生のさまざまな事柄を処する上では迅速であり抜かりなかったが、あくまでそれは事柄自体に関してであって、それらの意味についてては頭が働かない。華氏で零下五十度といえば、氷点の八十何度か下ということである。その事実は「寒くて不快」という思いを男のなかに生じさせたが、それだけだった。そこから発展して、体温を有する、一定の暑さ寒さの狭い範囲のなかでしか生きられぬ生き物としての自分の脆《もろ》さ、あるいは人間一般の脆さに考えが至りはしなかったし、さらにそこから、不死であるとか、宇宙における人間の位置であるとかいった観念の領域に思いを巡らすこともなかった。零下五十度とは、痛みを伴う凍傷を意味し、ミトンの手袋や耳覆いや暖かい鹿革靴《モカシン》や厚い靴下によって防衛する必要を意味する。男にとって零下五十度は、まさしく零下五十度でしかなかった。そこにそれ以上の意味があるなどという思いは、およそ脳裡に浮かばなかった。

先へ進むべく前に向き直りながら、男は考え深げに唾を吐いた。と、ぱちんと鋭い、弾けるような音がして男を驚かせた。もう一度唾を吐いた。今度もまた、空中で、雪に落ちる前に弾けた。零下五十度で唾が雪の上で弾けることは男も知っていたが、この唾は空中で弾けたのだ。これはどう見ても零下五十度より寒い。五十度よりどれくらい寒いかはわからない。だが温度などどうでもよかった。男はヘンダスン・クリークの左側の支流にある、仲間たちが一足先に行っている古い採鉱地へ向かっている。彼らはインディアン・クリーク流域から分水嶺《ぶんすいれい》を越えて採鉱地へ行き、男だけは春にユーコン川の島々から丸太が取れる可能性を探ろうと遠回りの道を選んだのだ。六時までには着いて野営できるだろう。たしかに日はその少し前に暮れているだろうが、あっちには仲間たちがいるのだし、火があかあかと燃え、暖かい夕食が出来ているにちがいない。昼食はといえば、上着の下の膨らんだ包みに男は手を押し当てた。上着のさらに下のシャツのなかに昼食が入っていて、ハンカチでくるまれ、素肌にじかに触れている。丸パンを凍らせない方法はこれしかない。一つひとつぱっくり割ってベーコンの脂に浸し、焼いた分厚いベーコンをはさんだそれら丸パンのことを想うと、自然と笑みがこぼれた。

エゾマツの大木が立ち並ぶなかへ、いよいよ入っていった。道はあるかないかという程度だ。最後に誰かの橇《そり》が通ってから、雪が三十センチ積もっていた。橇もなしで身軽なのが男は嬉しかった。実際、荷物といってもハンカチで包んだ昼食だけだ。だがそれでも、寒さには驚かされた。かじかんだ鼻と頬骨を、手袋をはめた片手でさすりながら、こいつはたしかに寒い、と思った。男は暖かい頬ひげを生やしているが、顔を覆うその毛も、高い頬骨と、凍てつく空気に向けて喧嘩腰に突き出ている鼻を護れはしない。

男のすぐうしろに、一匹の犬がついて来ていた。大きな土着のエスキモー犬で、掛け値なしの狼犬である。毛は灰色、外見も気質もその兄弟たる野生の狼と少しも変わらない。とてつもない寒さに、犬は気を滅入らせていた。いまは移動などしている場合ではないことを犬は知っていた。判断力が男に伝えたよりも真実の物語を、本能は犬に伝えていた。実際、いまは零下五十度より寒いで済む話ではなかった。零下六十度より、零下七十度よりなお寒い、零下七十五度だった。氷点は三十二度であるから、氷点下一〇七度に達したことになる。温度計などというものを犬はまったく知らなかった。その脳のなかには、男の脳にあるような、極寒の状況というものをめぐる明確な意識もなかっただろう。だが獣《けもの》には獣の本能があった。犬は漠然とした、だが脅威に彩られた不安を感じていて、そのせいで大人しく男のうしろにこそこそくっついていたのである。男が野営をはじめるか、もしくはどこかで一息ついて火を熾《おこ》すかするのを待っているのか、男がいつもとちょっとでも違ったしぐさをするたびに犬はいちいち熱心にその意味を探っていた。犬は火の何たるかを知っていた。そしていま、火を欲していた。でなければ、雪に穴を掘ってもぐり込み、冷たい大気から離れて雪の暖かさを抱え込みたかった。

犬の吐く息の湿り気が凍って、細かい霜の粉となって毛の上に貼りついた。特にあご、鼻づら、睫毛は、結晶になった息に白く染まった。男の赤い頬ひげと口ひげにも同じく霜が降りていたが、こっちのはさらに硬く、堆積物《たいせきぶつ》は氷の形をとり、男が暖かい湿った息を吐き出すたびに嵩《かさ》も増していった。それにまた、男は嚙み煙草を嚙んでいて、氷が口輪のように唇を抑えつけているものだから、汁を吐いたときにあごの汚れを拭うこともままならなかった。その結果、色も硬さも琥珀《こはく》と同じ結晶が、透明な山羊ひげのようにどんどん長くなっていった。もし転んだりしたら、ひげはガラスのように割れて粉々に砕けるだろう。だがそんな付属物が生じたことも気にならなかった。この地で煙草を嚙む人間はみなこれと同じ目に遭うのであり、男もこれまで二度寒波のなかを移動したことがあるのだ。まあたしかに前二回はこれほど寒くはなかったが、シックスティ・マイルにあったアルコール温度計によれば、やはり零下五十度、五十五度あった。

平坦に広がった森を何キロか歩きつづけて、黒い岩がのっぺり露出している場を横切り、土手を降りていって、水の凍った川床に出た。これがヘンダスン・クリークである。ということは合流点まであと十五キロ。男は時計を見た。十時。一時間に六キロのペースで進んでいるから、合流点に着くのは十二時半だ。着いたら昼食を食べて祝うことにしよう。

川床にそって意気揚々進んでいくと、犬がふたたび、がっかりしたように尻尾を垂らしてうしろにくっついてきた。古い橇道《そりみち》の筋はいまだはっきり見えたが、最後の橇が残した跡は三十センチばかりの雪に覆われている。一か月のあいだ、何の音もしないこのクリークを誰一人上りも下りもしなかったのだ。男はずんずん歩みを進めた。あまり考えることを好む性質《たち》ではなかったし、特にいまは、考えるといっても、合流点に来たら昼食を食べること、六時には仲間の待つ野営地に着くこと、それだけだった。話し相手もいないし、かりにいたとしても、口を氷にしっかり包まれていて話すのは無理な相談だっただろう。男はひたすら煙草を噛みつづけ、琥珀のあごひげはますます長くなっていった。

時おり、すごく寒いな、こんな寒さは初めてだ、という思いが戻ってきた。歩きながら、手袋の甲で頬骨と鼻をこすった。考えずとも手は自然と動き、時おり左手と右手が交代した。だが、いくらこすっても、動きを止めたとたん頬骨の感覚は麻痺し、すぐ続いて鼻先も麻痺するのだった。頬はきっと凍傷にやられてしまうだろう。男はそのことをまざまざと実感して、バドが寒波のときに着けていたあの鼻覆いみたいなものを作ってくるんだったな、と後悔した。ああいうのがあれば、両の頬も覆えて、凍らずに済む。でもまあ大したことじゃない。頬が凍傷になるくらい何だ？　少し痛むだけの話だ。それ以上の大事《おおごと》になったりはしない。

頭には思いと呼べるものがほとんどないものの、男は周囲を抜かりなく観察する人間であり、クリークの変化にはしっかり目を光らせていた。曲がり目、折れ目、流木の集まりに気をつけ、足の踏み場にもつねに注意を払っていた。一度、折れ目を曲がっていく最中、男は驚いた馬のようにさっと飛びのき、それまで歩いていた場所からそれて、何歩か道を戻っていった。男の知るクリークは、川底までしっかり凍っている――この極北の冬にあって、水が残っているクリークはありえない――が、山の中腹から湧き出て雪の下を通りクリークの氷の上を流れる湧き水があることも男は知っていた。どんなに激しい寒波でもこれら湧き水が決して凍らないこと、それらが危険であることも知っていた。湧き水は罠であり、雪の下に水たまりを隠している。雪の深さは十センチかもしれないし、一メートルかもしれない。時には一センチの氷が殻のようにそれを覆っていて、その氷をまた雪が覆っている。あるいは、水と氷の殻とが互い違いに重なりあっていて、ひとたび落ちてしまうとズブズブ落ちつづけて、腰まで濡れてしまったりもする。

いましがた、あわててよけたのもそのためだった。足の下が凹むのが感じられ、雪に隠れた氷の殻がパリンと割れるのが聞こえたのだ。そしてこういう温度にあって、足を濡らすことはトラブルと危険以外の何物でもない。どううまく行っても、遅れてしまうことは避けられない。歩みを止めて火を熾し、火に護られたなかで裸足になって靴下とモカシンを乾かさねばならないからだ。男は立ちどまって川床と土手をじっくり吟味し、水の流れは右から来ていると判断した。鼻と頬をこすりながらしばし考え、それから左にそれて、そろそろと慎重に一歩一歩足下を試した。もう大丈夫と判断すると、また煙草を噛みはじめ、意気揚々、毎時六キロの歩みを進めていった。

それから二時間のあいだに、何度か同じような罠に行きあたった。たいていの場合、隠れた水たまりの上の雪は、何となく凹んだような、氷砂糖のような感じに見えて、それで危ないと知れた。だがそれでも、もう一度きわどい目に遭ったし、またあるときは、危険を感じて犬を先に行かせた。犬は行きたがらなかった。ぐずぐずしている犬を男が無理に押し出すと、真っ白な、何の切れ目もない表面を犬はささっと渡っていった。と、いきなり、犬の足が沈んだ。

犬はあたふたと横に飛び出して、しっかりした足場に移った。前脚が両方、かなりの深さまで濡れてしまっていて、くっついた水は見る見る氷になっていった。犬はすばやく脚を舐めて氷を剝がしにかかり、それから雪のなかに座り込んで足指のあいだに固まった氷を嚙みちぎりはじめた。これは本能の反応だった。氷を放っておけば、足はやられてしまう。犬はそのことを知っていたのではない。ただ単に、その身の奥深くから湧き上がってくる神秘的な促しに従ったまでだ。だが男は知っていた。こうした事柄に関して、ひとつの見解に達していた。そこで右手の手袋を脱いで、氷のかけらを剝ぎとるのを手伝ってやった。指を外気にさらした時間は一分もなかったが、麻痺の感覚が襲ってくるその速さに男は驚いてしまった。こいつはたしかに寒い。あわてて手袋をはめて、手をどすどす胸に叩きつけた。

十二時になった。一日で一番明るい時間だ。だが太陽はずっと南の方で冬の旅を続けており、地平線を越えはしなかった。地球の丸みが、太陽とヘンダスン・クリークのあいだに立ちはだかっていて、真昼の雲なき空の下を男が歩いても、何の影も出来ない。十二時半きっかりに、クリークの合流点に着いた。けっこう早く来られたじゃないか、と男は気をよくした。このペースで行けば、間違いなく六時には仲間たちのところに行ける。上着とシャツのボタンを外して、昼食を引っぱり出した。そうするのには十五秒とかからなかったが、その短い時間のあいだに、むき出しになった指を麻痺が襲った。手袋をはめる代わりに、男は指を十回ばかり脚に思いきり叩きつけた。それから、昼食を食べようと、雪の積もった丸太に腰かけた。が、指を脚に叩きつけて生じたひりひりした痛みがあっという間に止んだので男はあわててしまった。丸パンを一口齧《かじ》る間もなかった。何度も指を叩いては手袋のなかに戻し、食べるためにもう一方の手をさらした。そして一口食べようとしたが、氷の口輪に邪魔された。火を熾して氷を溶かす、という手順を忘れていたのだ。自分の間抜けぶりに男はくっくっと笑い、笑いながらも、さらされた指に麻痺が忍び込んでくるのを感じた。それと、腰かけたとき足の指に訪れた刺すような痛みがもう消えかけていることにも気づいた。足指は暖かいのだろうか、麻痺しているのだろうか。モカシンのなかで動かしてみて、麻痺しているのだと判断した。

　急いで手袋をはめ、立ち上がった。男はいくぶん怯えていた。刺すような痛みが戻ってくるまで、力一杯足を踏みならした。こいつはたしかに寒いな、そう思った。このへんが時にどれほど寒くなるか、あのサルファー・クリークの男が言っていたが、あれは法螺《ほら》じゃなかったんだ。なのにあのときは、何を馬鹿な、と笑ってしまった！　物事、あんまり決めつけちゃいけないってことだな。間違いない、こいつはほんとに寒い。足を踏み鳴らし、腕をふり回しながら、暖かさが戻ってきたと安心できるまで大股で歩き回った。それからマッチを取り出し、火を熾しにかかった。下生えの、よく乾いた枝が前の春に増水で流されてたまっているところから薪を集めた。小さな炎からはじめて、慎重に作業を進め、やがて勢いよく燃える火が出来上がった。男は身を乗り出して顔の氷を溶かし、火に護られながら丸パンを食べた。当座の寒さは克服された。犬も満足そうに火にあたり、暖をとれる程度に近く、焦げぬ程度に離れた位置で体をのばした。

食べ終えると、パイプに葉を詰めて、ゆっくり一服した。それから手袋をはめて、帽子の耳覆いをしっかり耳の上に掛け、クリークの道にそって左側の支流をのぼって行った。犬はがっかりした様子で、火の方に戻りたそうだった。この男は寒さというものを知らなかった。もしかしたら、先祖代々ずっと寒さを——本物の、氷点下一〇七度の寒さを——知らずにきたのかもしれない。だが犬は知っていた。先祖はみな知っていたし、この犬もその知識を受け継いでいた。こんなひどい寒さのなかを歩き回るのはよくないことも知っていた。こういうときは、雪に穴を掘ってぬくぬく寝そべり、この寒さの出所《でどころ》たる大空で雲のカーテンが開けられるのを待つのが一番なのだ。他方、犬と男のあいだには、温かい親密さのようなものは何もなかった。一方はもう一方の奴隷であり、犬がこれまで受けとった触れあいといえば、鞭で打たれること、喉から発される鞭で打つぞと脅す音、それだけだった。だから犬は、自分の不安を男に伝えようとはしなかった。犬は男の安全には興味がなかった。火の方に戻りたいと思ったのもあくまで自分のためだった。だが男はひゅうと口笛を吹き、鞭打ちの音で犬に語りかけた。犬はさっと男のうしろにくっついて、あとに従った。

男は嚙み煙草を嚙み、また新しい琥珀のひげを作りはじめた。濡れた息も、たちまち口ひげや眉毛や睫毛を白い粉で彩った。ヘンダスン・クリークの左側の支流には湧き水もさほど多くないようで、三十分のあいだひとつの気配もなかった。それから、そのことが起きた。何の気配もない、柔らかで切れ目なしの雪がその下の堅固さを伝えていると思えた場所で、男の足が沈んだ。深くはなかった。必死にもがいて、膝下の半分を濡らしてからやっと硬い地表に出た。

男は腹を立てていた。己の不運を、声に出して呪った。六時には仲間たちのいる野営地に着くはずだったのに、これで一時間遅れてしまう。火を熾して、靴や靴下を乾かさねばならないからだ。これほどの低温ではそれが至上命令である。そのくらいは男も知っていた。男は土手の方にそれて、のぼって行った。のぼり切ると、何本かの小さなエゾマツの幹の周りの下生えに、増水で流されてきたとおぼしき枯れ枝が絡まっているのが見つかった。主に小枝や棒切れだが、よく枯れた太い枝や、細い、乾いた、去年の草もあった。大きな枝を何本か、男は雪の上に投げた。これを土台にすれば、出来立ての炎が下の雪を溶かしてそれに呑まれて消えてしまうこともない。ポケットから小さなカバノキの樹皮のかけらを取り出し、マッチの火を当てて火だねを作った。これは紙よりもっとよく燃える。樹皮を土台の上に載せて、その出来立ての炎に、乾いた細い草やごく小さな乾いた枝をくべた。

危険をはっきり意識しつつ、ゆっくり慎重に作業を進めた。だんだんと、炎が大きくなってきたのに合わせて、くべる枝も大きくしていった。雪のなかにしゃがみ込んで、下生えの絡まりから小枝を引き抜いては、じかに炎にくべる。失敗は許されないことは承知していた。零下七十五度にあっては、火を熾す一回目の試みでやり損なってはならない――もし足が濡れているならば。もし足が濡れていなければ、やり損なったら、一キロばかり道を走って血の巡りを取り戻せばいい。だが濡れて凍りかけた足の循環は、零下七十五度のなかを走り回っても取り戻せはしない。いくら速く走ったところで、濡れた足がますます硬く凍るばかりだ。

こうしたことすべてを、男は知っていた。去年の秋、サルファー・クリークの古参から聞かされていたのだ。いまとなってはその忠告が有難かった。すでに両足からはいっさいの感覚がなくなっていた。火を熾すために手袋を脱ぐのを余儀なくされ、指もたちまち麻痺してしまっていた。さっきまでは、毎時六キロのペースで歩いていたおかげで、心臓から体の表面や末端にまで隈なく血液が送られていた。だが歩くのをやめたとたん、血液が送られる働きも鈍ってしまった。宇宙の寒さが、この地球の、保護されていない末端に強打を加え、そして男は、その保護されていない末端にいたために、強打の衝撃をまともに喰らったのだ。その強打を前にして、男の体の血液はひるんだ。血も犬と同じに生きていて、犬と同じに恐ろしい寒さから隠れて身を覆いたいのだ。毎時六キロのペースで歩いている限り、血液は否応なしに体の表面に送り出されていたが、いまはその血も潮のように引いて、体の奥に沈み込んでしまった。血の不在を真っ先に感じたのは末端だった。濡れた両足は、血がないせいでますます早く凍った。さらされた指も、まだ凍りはじめてはいないがますます早く麻痺していった。鼻と頬もすでに凍りかけていたし、体中の皮膚も血を失っていくにつれて冷えていった。

だが大丈夫。火は力強く燃えはじめているのだから、足指、鼻、頬がちょっと凍る程度で済む。指くらいの大きさの枝を男はくべていた。あと一分もすれば手首大の枝をくべられるだろうし、そうしたら濡れた靴や靴下を脱いで、それらを乾かしているあいだ――もちろんまずは雪でごしごしこすってから――裸足の足を火で暖める。火はうまく燃えていた。これで大丈夫。サルファー・クリークの古参の説教を思い出して、男は微笑んだ。古参は大真面目に、零下五十度以下になったら何人《なんぴと》たりとも一人でクロンダイクを旅してはならない、と掟を説いたのだった。それがどうだ、男はいまこうしてここにいる。アクシデントに見舞われ、一人だが、ちゃんと窮地から脱したではないか。ああいう古参連中は時おり、妙に女々しくなっていけない。要は冷静さを失わないことだ。そうすれば心配はない。一人前の男なら一人で旅できる。だがこれはどうも驚きだ――頬も鼻もこれほど速く凍ってくるなんて。それに指からこんなにすぐ力が抜けてしまうとは、思ってもみなかった。本当に全然力が入らなくて、小枝を一本摑もうとして一緒に動かすのにもひどく苦労したし、体からも自分からも指はずっと遠くにあるように感じられた。枝に触れても、指がそれを握っているかどうか、見てみないとわからない。自分と指先とを結ぶ神経が、だいぶやられてしまっている。

まあどれも大したことではない。火はちゃんと燃えていて、パチパチと音を立て、炎を大きく踊らせるごとに生命を約束している。男はモカシンの紐をほどきはじめた。モカシンは氷に覆われ、分厚いドイツ製の靴下も膝下半分は鉄の鞘《さや》のようだった。モカシンの紐は、大火事か何かで溶けてねじれて絡まった細い鉄棒みたいだった。少しのあいだ、麻痺した指で引っぱってみたが、じきに無駄だと思い知って、鞘に収めたナイフを取り出した。

だが、紐を切る間もなく、それが起こった。起きたのは自分のせい、自分のミスだった。エゾマツの下で火を熾したのは間違いであり、開けた場所でやるべきだったのだ。でも下生えから小枝を引き抜いて直接炎に投げ込む方が楽だったのである。男が火を熾した場所の頭上にある木は、大枝に相当な重さの雪が積もっていた。何週間ものあいだ風も吹かず、どの大枝にもたっぷりと雪が載っていた。そして小枝を引っぱるたびに、木にわずかずつ震動が伝わっていた。男からすれば目にもつかない震動だが、その惨事を引き起こすには十分だった。木のずっと上の方で、一本の大枝が、載っていた雪をぶちまけた。これが下の大枝に落ちて、それらの大枝も雪をぶちまけた。この流れがくり返されて、木全体にまで広がっていった。なだれのように大きくなって、いきなり何の前触れもなく男と火の上に落ちてきて、火は消えてしまった！　さっきまで燃えていたところには、真新しい、乱れた雪の外套があるばかりだった。

男は愕然とした。死刑宣告を聞かされたような思いだった。一瞬のあいだ、ぴくりとも動かず、火があった場所を呆然と見ていた。それから、ひどく冷静な気持ちになった。やっぱりサルファー・クリークの古参の言うとおりだったかもしれない。相棒がいたら、いまごろこんな危険に陥ってはいない。相棒が火を熾してくれただろう。だがいまは、自分でもう一度やるしかない。そして今度は、絶対に失敗できない。かりにうまく行ったとしても、たぶん足の指は何本か失くなるだろう。もうすでに足は相当凍っているにちがいないし、また火を熾すにはまだしばらく時間がかかる。

そんなことを考えながらも、ただじっとしていたわけではなかった。そうした思いが頭をよぎっているあいだずっと、体は忙しく立ち働いていた。火を熾すための新しい土台を、今度は腹黒い木に消されたりせぬようちゃんと開けた場所に作った。次に、増水に打ち上げられたかたまりから乾いた草や小枝を集めた。指を寄せあってそれらを引き抜くことはできなかったが、平手に抱えて集めることはできた。こうやると、腐った枝や緑の苔など、望ましくない物もたくさん混じってしまうが、これが精一杯だ。きちんと系統立てて仕事を進め、火があとで強くなったときに使う大きめの枝も集めておいた。その間《かん》ずっと、犬はじっと座って男を見守っていた。その目には、一種切なげな思いが浮かんでいた。犬は男を、火を与えてくれる者として見ているのに、火はなかなか現われなかったのだ。

準備が整うと、男はポケットに手を入れて、カバの樹皮をもう一枚取り出した。樹皮がそこにあるのはわかっていたし、指先では感じられなくても、手探りするなかでそれが立てるカサカサという音も聞こえた。だがどれだけ頑張っても、それを摑むことはできなかった。その間ずっと、男の意識のなかには、一瞬ごとに自分の足がますます凍っているという自覚があった。そう思うとパニックに陥りそうになったが、懸命に抗《あらが》い、落着きを保った。歯を使って手袋をはめ、腕を前後にふり回して、両手を力一杯脇腹に叩きつけた。それを座って行ない、立って行なった。その間犬はずっと、雪のなかに座り込んでいた。狼と同じ筆のような尻尾は前足の上で暖かくとぐろを巻き、尖った狼の耳は男を見守りながらぴんと熱心に前へ突き出ていた。

そして男は両腕両手を叩き、ふり回しながら、生まれながらの被《おお》いに包まれてぬくぬく暖をとっている動物を見て、強い嫉妬の念が湧いてくるのを感じた。

しばらくして、叩いた指にかすかに感覚が戻ってくる気配を感じた。わずかな疼きはだんだん大きくなって、そのうちに刺すような、激しい痛みに変わったが、男はそれを歓迎した。右手から手袋を剝いで、樹皮をポケットから出した。さらされた指があっという間にまた麻痺していった。それから、硫黄マッチの束を取り出した。ところが、すさまじい寒さに、指からはすでに力が抜けていた。マッチの束から一本抜き出そうとして、束がまとめて雪の上に落ちてしまった。拾い上げようとしたが、うまく行かなかった。生気のない指は、触ることも摑むこともできなかった。男はこの上なく慎重だった。足や鼻や頰が凍りかけているという思いを頭から追い払い、全身全霊をマッチに傾けた。触覚の代わりに視覚を使ってじっと目を凝らし、束の左右に指が見えたところで、指を閉じた——つまり、閉じようと意志を働かせた。だが意志と指をつなぐ神経はすでにやられていて、指は従わなかった。右手の手袋をはめて、膝に激しく叩きつけた。それから両手とも手袋をして、マッチの束を、大量の雪とともにすくい上げ、膝の上に載せた。まだ進展はない。

あれこれ操った末に、マッチの束を、手袋をはめた両の手首ではさむことができた。その格好でマッチを口まで持っていった。満身の力をふり絞って口を開けると、氷がパチパチ鳴った。下あごを引き、上唇を丸めて邪魔にならないようにし、マッチを一本だけ分離させようと上の歯で束をこすった。一本取り出すことに成功し、膝の上に落とした。まだ進展はない。手で拾い上げるすべはないのだから。やがて、ひとつ手を思いついた。歯でそのマッチをくわえて、足で擦《す》ったのだ。二十回擦って、やっと火が点いた。炎を上げるマッチを歯でくわえて、カバの樹皮の方に持っていった。ところが、燃える硫黄が鼻の穴を通って肺まで入ってきて、ゴホゴホ咳き込んでしまった。マッチは雪のなかに落ちて、消えた。

サルファー・クリークの古参の言うとおりだったな、と男は、その後に生じた、かろうじて抑えつけた絶望の瞬間に思った。零下五十度より下がったら、相棒と一緒に旅をすべきなのだ。両手を叩いたが、何の感覚も生み出せなかった。と、男はいきなり、歯で手袋を外して両手をむき出しにした。マッチの束を丸ごと、両の手首ではさんだ。腕の筋肉は凍っていなかったから、両の手首をマッチの束にぎゅっと押しつけることはできた。それから束を丸ごと、脚で擦った。七十本の硫黄マッチが、一斉に燃え上がる！　それを吹き消す風もなかった。煙に息を詰まらせないよう顔を横向きに保ち、燃えさかる束をカバの樹皮に持っていった。そうやって束を握っていると、一方の手に感覚が戻ってくるのがわかった。肉が燃えているのだ。匂いでわかった。体のずっと奥でもそれが感じられた。感覚は痛みになっていき、痛みはどんどん激しくなった。それでも男は耐えて、マッチの炎を樹皮の方へぎこちなく持っていったが、樹皮はなかなか点火しなかった。男自身の燃える両手が邪魔に入って、炎の大半を吸収してしまっているのだ。

とうとう、もうそれ以上耐えきれなくなって、両手をパッと離した。燃えるマッチが、じゅうっと音を立てて雪のなかに落ちた。でも樹皮は点火していた。炎の上に、男は乾いた草やごく小さな枝を積みはじめた。両の手首にはさんで運ぶしかないので、細かく選《よ》り分けたりはできない。小枝にへばりついた腐った木のかけらや緑色の苔を、歯を使って精一杯食いちぎった。慎重に、ぎこちなく、男は炎を育てていった。この炎に命がかかっている。消してはならない。体の表面から血がひいたせいで体がぶるぶる震えてきて、動作はますますぎこちなくなった。と、緑の苔の大きなかけらが小さな炎の上にもろに落ちた。指でつつき出そうとしたが、体が震えているせいで強くつつきすぎて小さな炎の芯を乱してしまい、燃えている草や小枝がばらばらに散ってしまった。つついて元に戻そうとしたが、必死に頑張っても震えはどうにもおさまらず、枝はどうしようもなく散らばってしまった。枝一本一本から煙が吹き出し、火は消えた。火を与える者はやり損なったのだ。何の感慨もなく周りを見回すと、男の目が犬の上にとまった。火の残骸をはさんで向こう側、雪のなかに犬は座って、せわしなく、背を丸めてそわそわ動き、前足を交互に少しずつ上げては、熱っぽく、切なげに体の重心を動かしていた。

犬の姿を見て、途方もない考えが浮かんだ。吹雪に閉じ込められた男が、仔牛を殺して死体のなかにもぐり込んで助かったという話を男は覚えていた。自分も犬を殺して、麻痺がひくまでその暖かい体に両手をうずめていればいい。そうすればまた火が熾せる。男は犬に話しかけ、こっちへ来いと呼び寄せた。だがその声には奇妙な恐怖の響きが混じっていて、それが犬を怯えさせた。男がそんなふうに喋るのを犬は一度も聞いたことがなかった。何かがおかしい。犬の疑り深い本性《ほんせい》が、危険を察知した。どんな危険かはわからなかったが、とにかく脳のどこかに、どうやってか、男を恐れる気持ちが湧き上がった。男の声に犬の耳はべったり垂れ、そのせわしない、背の丸まった動きと、前足を持ち上げては重心をずらすしぐさがいっそう大きくなったが、犬は男の元に行こうとしなかった。男は両手両膝をついて、犬の方に這っていった。この異例の姿勢に犬はますます疑いを募らせ、じりじり小刻みに横へ逃げていった。

少しのあいだ男は雪の上で体を起こし、気を鎮めようと努めた。それから歯を使って手袋をはめ、立ち上がった。まず下を向いて、本当に立っていることを確かめようとした。両足に感覚がないせいで、地面とのつながりが感じられなかったのだ。直立したその姿勢を見て、犬の心から疑いの蜘蛛の巣がほどけていった。男が鞭打ちの響きを込めた声で、有無を言わせぬ口調で話し出すと、犬はいつもの忠誠を取り戻して男の方に行った。犬が手の届くところまで来ると、男は自制を失くした。両腕がパッと犬めがけて飛び出したが、両手が何も摑めず指が曲がりもせず感覚もないことに男は心底驚いてしまった。手も指も凍っていること、ますますひどく凍りつつあることをしばし忘れていたのだ。すべては一瞬の出来事であり、犬が逃げる間もなく、男は両腕でその体を抱え込んだ。雪のなかに座り込んで、その格好で、歯をむき出してうなり哀れっぽい声を上げじたばた抗う犬を押さえつけた。

だが、そうやって両腕で犬を抱え込み、座っているのが精一杯だった。殺すなんてとうてい無理な相談であることを男は思い知った。何の手だてもない。手が役に立たないとあってはナイフを出したり握ったりもできないし、犬の首を絞められもしない。男は犬を放した。犬は尻尾を巻きあわてて逃げていった。むき出した歯のあいだからはまだうなり声が漏れている。十メートルちょっと離れたあたりで犬は立ちどまり、怪訝《けげん》そうに、耳をぴんと前に突き出して男を眺めわたした。自分の両手はどこにあるかと男は下を向き、それが腕の先に垂れているのを見てとった。自分の手のありかを知るのに目を使わなきゃならないなんて妙な話だ、と思った。両腕を前後にふり回し、手袋をした両手を脇腹に叩きつけた。五分間、力一杯そうしていると、心臓からそれなりの量の血液が体の表面に送られて、震えも止まった。けれども両手には何の感覚も生じてこなかった。両手が腕の先におもりのように垂れている感触はあったが、その感触の源をたどろうとしてもどこにも見つからなかった。

鈍い、重苦しい、死の恐怖が湧いてきた。いまやもう手足の指が凍るとか手足を失くすとかいう話ではなく、生きるか死ぬかの話であって、しかも情勢は自分に不利なのだと思いあたり、恐怖は一気に高まっていった。体はパニックに陥り、男は身を翻《ひるがえ》して、道筋もはっきりしない古い道ぞいに川床を駆けていった。犬も仲間に加わってうしろから遅れずについて来た。男は何も見ず、何の意図もなく、いままで味わったことのない恐怖に包まれて走った。雪のなかをあたふたぶざまに進んでいるうちに、少しずつ、いろんな物がまた見えてきた。クリークの土手、古い流木の集まり、葉の落ちたポプラ、そして空。走ったせいで気分もよくなった。もう体も震えなかった。もしかすると、走っていれば足の凍《こご》えも溶けてくるかもしれない。それに、ずっと走りつづければ、仲間のいる野営地に着ける。手足の指は何本か失くなるだろうし、顔の一部も同じだろう。それは間違いない。だが着いたら仲間たちが世話してくれて、救える部分は救ってくれるはずだ。と同時に、もうひとつ、お前はもう仲間のいる野営地にはたどり着けないのだと告げる思いが湧いてきた。あまりに遠すぎるし、凍傷もずいぶん進んでいて、じきに体も硬直して死んでしまうのだ。その思いを男は頭の裏側に押しやり、考えまいとした。時おりそれがせり出てきて、聞けと男に迫ったが、何とかそれを押し戻し、ほかのことを考えようと努めた。

ふと男は、こんなに足が凍っていて、足が大地を蹴って体の重みを受けとめるときにも何も感じられないというのにそもそも走れるなんて奇妙だな、と思った。自分が地表にそって滑るように進んでいて、地面とは何のつながりもないような気がした。どこかで一度、翼の生えたメルクリウスの絵を見たことがあるが、メルクリウスも地を滑るように進むときこんなふうな気分だったのだろうか。

仲間のいる野営地まで走っていくという発想には、ひとつ欠陥があった。男にはそこまでの体力がなかったのだ。何度かつまずき、とうとう大きくよろけて、力が抜け、倒れた。立ち上がろうとしたが、できなかった。座って休もう、次はもう走らずに歩いて進むことにしよう、そう決めた。座って息を整えていると、自分がすごく暖かくて心地よい気分でいることに気がついた。震えてもいないし、暖かいぬくもりが胸と胴に巡ってきたようにさえ思えた。なのに、鼻や頰に触れると、感覚はなかった。走っても鼻や頰は溶けないだろう。手も足も同じだ。それから、凍っている部分がどんどん広がっているにちがいないという思いが湧いた。男はその思いを抑えつけよう、忘れよう、ほかのことを考えようと努めた。それが引き起こすパニックの感情を意識していたし、パニックは何より恐ろしかった。だが思いはいっこうに退《ひ》かず、じわじわ強まって、やがて、すっかり凍りついた男自身の姿の幻影を生み出した。耐えきれなくなって、男はもう一度道を狂おしく駆けていった。一度ペースを緩めて歩きはじめたが、凍傷が広がっているという念に追い立てられてまた駆け出した。

その間ずっと、犬は男のすぐうしろを走っていた。男が二度目に転んだとき、犬は尻尾を前足の上に丸めて、目の前に腰を下ろした。まっすぐ男の方を向き、妙に熱心に、ひたむきに見ていた。犬が暖かく無事でいることが男を憤らせた。男は犬を罵りつづけ、やがて犬はなだめるように耳を垂らした。今回は震えがやって来るのも早かった。男は凍え相手の戦いに敗北しつつあるのだ。四方八方から、凍えはじわじわ体に入り込んでいた。その思いに駆り立てられてもう一度走ったが、三十メートルも行かないうちによろけて、どさっと前に倒れ込んだ。それが最後のパニックだった。呼吸と自制心を取り戻すと、体を起こして、威厳をもって死を迎えるという観念を頭に抱いた。といっても、観念はそのような言葉で訪れたのではなかった。俺は馬鹿な真似をやった、首を切り落とされた鶏みたいに駆け回って――浮かんだのはそんな比喩だった。まあどのみち凍え死んでしまうのだから、どうせなら潔く受け容れようじゃないか。こうして新たに得た心の平静とともに、最初のかすかな眠気が訪れた。いい考えだ、眠ったまま死んでいくのは、そう思った。麻酔をかけるようなものだ。凍え死ぬっていうのは案外悪くない。もっとひどい死に方はいくらでもある。

　仲間たちが翌日自分の体を見つける姿を男は思い描いた。不意に、自分も彼らと一緒になって、道を進みながら自分自身を探していた。そして、依然彼らと一緒のまま、道の折れ目を曲がって、雪のなかに横たわっている自分自身に行きあたった。男はもう自分自身に属していなかった。いますでに自分の外にいて、仲間たちと一緒に立ち、雪にうもれた自分を見ているのだ。こいつはたしかに寒いな、そう思った。国内に帰ったら、本当の寒さとはどういうものか、みんなに教えてやれる。そうした考えから、思いはやがて、サルファー・クリークの古参の幻影へと流れていった。暖かそうに、心地よさげにパイプをふかしている古参の姿がこの上なくはっきり見えた。

「あんたの言うとおりでしたよ。ほんとにそうだった」と男はサルファー・クリークの古参に向かって呟いた。

　やがて男は、うとうとと、これまで味わった最高に心地よい、満ち足りた眠りと思えるもののなかに落ちていった。犬は男と向かいあわせに座って、待った。短い一日は、長くゆったりした夕暮れに包まれて終わりに近づいていった。火が熾されそうな様子はどこにもなかったし、それに、犬の経験では、人間がこんなふうに雪の上に座り込んで火も熾さないなんて前代未聞の事態だった。夕闇が深まるなか、火を希《こいねが》う思いが犬の胸にあふれ、犬は前足を大きく持ち上げては重心をずらし、クーンと低く、哀れっぽく鳴き、男に叱られるのを覚悟して耳を垂れた。だが男は黙ったままだった。しばらく経って、犬は大きな声で甲高く鳴いた。さらにしばらく経って、男のそばまで這っていき、死の臭いを嗅ぎとった。その臭いに犬は毛を逆立て、あとずさりした。もうしばらくそこにとどまって、星々が踊って跳ねて眩《まばゆ》く輝いている寒空の下でウォーンと吠えた。それから犬は身を翻して、自分が知っている野営地の方角へ、山道を小走りに進んでいった。あそこへ行けば、また別の、食べ物を与えてくれる人間たち、火を与えてくれる人間たちがいるのだ。

編訳者あとがき

『アメリカン・マスターピース』と題して、アメリカ合衆国で書かれた短篇小説の名作中の名作を集めた本を作ることにした。古典篇・準古典篇・現代篇の三冊を構想していて、今回はまず古典篇である。アメリカ文学史がはじまった時点から、十九―二十世紀の世紀転換点までに書かれた短篇のなかから、編訳者が長年愛読し、かつほとんどの場合は世に名作の誉れ高い作品ばかりを集めた、ザ・ベスト・オブ・ザ・ベストの選集である。

以下、それぞれの作家・作品について概説しながら、アメリカ短篇小説の流れをたどっていくことにする。

ナサニエル・ホーソーン（一八〇四―六四）

アメリカでは十九世紀初頭からいわゆる文芸誌が刊行されはじめ、それとともに短篇小説も本格的な文学ジャンルとして成立するに至るが、ホーソーンはそうした流れのなかでアメリカ初の重要な短篇作家であった。といっても、彼が当時から新しい雑誌文化の花形だったわけではない。一八五〇年に初の長篇『緋文字』がベストセラーになった以後は状況も変わるが、一八三〇年代から四〇年代にかけては、本人の言を借りるなら、「アメリカで誰よりも無名の文人」として、大学卒業後も実家にこもり、やがてはアメリカ文学史上最重要級と評されることになる短篇の数々をひっそり書きつづけたのである。

一八三〇年代と言えば、移民の子として生まれたアンドルー・ジャクソン大統領の下、世はまさにジャクソン民主主義の時代で、そもそも前向き志向であるアメリカという国にあってもとりわけ前向きさが目立った時代だが、ホーソーンはそのなかで、独立以前の魔女裁判などをはじめ、過去の罪がもたらす影に目を注ぎつづけ（ホーソーン自身の先祖にも魔女裁判にかかわった者がいた）、新しい無垢な国アメリカという理念に静かに冷や水を浴びせつづけた。

「ウェイクフィールド」はなかでも有名な短篇だが、過去の影に目を向けるというより、当時生まれつつあった大都市において人がいかに無名の存在になりうるかをいち早く捉えた作品であり、ホーソーン短篇群ではむしろ例外的な内容と言えるかもしれない。ボルヘスがカフカの先駆と評したことでも知られる作品だし、ポール・オースターの『幽霊たち』の筋立てもこの短篇を踏まえていることは明らかである。また、アルゼンチンの現代作家エドゥアルド・ベルティはこの話を主人公の妻から語り直した中篇「ウェイクフィールドの妻」を書いていて、これは数ある「女性の視点からの語り直し」のなかでも出色の出来である（『ウェイクフィールド／ウェイクフィールドの妻』所収、青木健史訳、新潮社）。

エドガー・アラン・ポー（一八〇九—四九）

十三歳の従妹と結婚するも極貧ゆえに彼女を結核で失い、酒に溺れ、謎の野垂れ死にを遂げ……と、古典的な「呪われた詩人」像を広めたポーであるが、その一方で有能な編集者でもあり、編集長兼主要寄稿者としていくつもの雑誌を成功させている。そのなかから「黒猫」「ウィリアム・ウィルソン」等々の傑作も生まれたわけだが、残念ながら、安定した繁栄を長期間保つというのはこの人のよくするところではなかった。

雑誌にかかわりが深かったことに加えて、どこまで本気かはわからないが、文学作品は読者が一気に読み切れる長さでなくてはならないと唱えた人だけあって、短篇小説の発展に果たした貢献も大である。「アッシャー家の崩壊」「赤死病の仮面」といった恐怖小説はこのサブジャンルの語彙を集大成したような完成度を備えているし、逆に「ハンス・プファアルの無類の冒険」などはSF小説の先駆と見なすことができる。が、ジャンルへの貢献として何より大きいのは、ここで選んだ「モルグ街の殺人」をはじめ、「盗まれた手紙」「黄金虫」などで推理小説というジャンルを成立させたことだろう。

ポーですごいと思うのは、自分が究めたジャンル、創設したジャンルをじきにあっさりパロディしてしまう点である。世界初の本格的な推理小説を書いたと思ったら、その数年後にはもうそのジャンルをからかったような作品を書く（「お前が犯人だ」）。「アッシャー家の崩壊」のような実によく出来た恐怖小説を作り上げたあとには、それをドタバタ化したような怪作を書く（「タール博士とフェザー教授の療法」）。そもそもポーの小説の魅力が持続するのは、たとえば恐怖小説が本当に怖いからではなく、書き手がどこまで本気なのかいまひとつわからないからではないかと思う。ポーを愛好するのは幼児性の表われである、というヘンリー・ジェームズの評もあるが、個人的には、そうした曖昧さから生じる奇妙な凄味がポー作品にはあると思う。

ポーでどの一篇を採るかは大いに迷った。ポーのベリー・ベストといえばたいてい「アッシャー家の崩壊」が選ばれるし、「赤死病の仮面」の究極の形式美にも大いに惹かれたが、新しいジャンルを一から作っていこうとしている手探り感の魅力ゆえ「モルグ街の殺人」を選んだ。

ハーマン・メルヴィル（一八一九―九一）

メルヴィルは二度発見された。一度目はまだ二十代だった一八四〇年代、南洋の人食い人種の生態などを描く新進の海洋冒険小説作家として、そして二度目は没後三十年あまり経った一九二〇年代、アメリカ文学の最重要作家の一人として。そのあいだの年月は、ほとんど忘れられていた。小説史上類のない超力作『白鯨』を書いたときもおおむね無視された。海洋小説の体裁のなかに隠れた、世界が一個の謎であることに憤ったり惹かれたりする精神の運動には、ほとんど誰も興味を示さなかったのである（と、涼しい顔をして書いてしまうが、この型破りの大作を、何の予備知識もなしに与えられたら、はたして世界文学に残る傑作と自分が断定できるか、自信はない……）。

「書写人バートルビー」は、一八五一年に出した『白鯨』がほぼ黙殺され、翌年刊の『ピエール』ではほとんど狂人扱いされたりしたメルヴィルが、一八五三年暮れに雑誌に匿名で発表した中篇小説である。当初は優秀なコピー機のように法律文書を書写しまくるが、ある一点からは故障したコピー機のように何もしなくなる人物（この比喩は、作家伊井直行による、〈会社員小説〉の視点から「バートルビー」とカフカの「変身」をも読み解いた評論『会社員とは何者か？』に霊感を受けている）をめぐる実に不思議な小説である。「バートルビーとは何者か」という問いほど、立てるに易く答えるに難い問いはない。『白鯨』のエイハブ船長にとって、世界が根源的に意味不明であるとすれば、バートルビーは人間の側が根源的に意味不明と化している。

メルヴィルが再発見された当初は、世間に理解されない孤高の芸術家メルヴィル＝登場人物バートルビーという等式が立てられ、バートルビーをそれなりに助けようとする語り手の法律家は芸術の偉大さを理解せぬ俗物の代表としてあっさり切り捨てられたが、現在ではさすがにそこまで単純な等式では読まれず、ドゥルーズ、アガンベンら現代思想の巨匠がそれぞれ独自の読みを展開している。個人的に長年興味があるのは、なぜ語り手は――そしてその延長線上にいる読み手は――バートルビーを理解できないことを疚しく思ってしまうのかという点である。むろん、依然として答えは見つからないのだが……。
今回、校正刷りを読むまで気づかなかったが、「ウェイクフィールド」「モルグ街の殺人」「書写人バートルビー」、いずれも大都市が成立して初めて可能になった作品である。十九世紀なかばの最良のアメリカ人作家たちは、大都市という、当時生まれはじめていた、人々がたがいにとって未知の存在であることが前提となる場で何が起きるか、いち早く物語化してみせたのである。

エミリー・ディキンソン（一八三〇―八六）
今日、アメリカでこのようなアンソロジーが作られる場合、人種・性差・階級などに配慮してバランスを考えた作品選びがなされるのが常であり、そのような意味で白人男性作家を並べたこのセレクションは保守反動も甚だしいと見なされるだろうが、そうした風潮の外にいることの特権を利用して、あくまで個人的に何度読んでも素晴らしいと思う作品を並べた。とはいうものの、さすがに「女性も一人入れたい」とは思い、あれこれ考えたが、とにかくすぐれた作品をということで、いささか「反則」かもしれないが詩人を一人入れることにした。
ディキンソンが生きた時代に有名だった、かつ現在も評価が高い詩人としてはむろんウォルト・ホイットマン（一八一九―九二）がいるわけだが、ホイットマンの「ぼく」がどんどん拡張していってアメリカと一体化し世界と一体化する（そして時おりさすがに不安になってまた収縮する）豪放さで人を圧倒するのに対し、ディキンソンの「わたし」は世界の小さな一点に細やかな目を注ぐ（そして時にはそこから大胆で美しい飛躍を遂げる）ことの尊さで読み手を魅了する。あたかも長い呼吸が不可能であるかのようにダッシュを多用した独特の書き方も、詩の一行が長く印刷上では二行にまたがってしまうことが少なくないホイットマンの詩と対照的である。

マサチューセッツ州の中サイズの町アマーストからほとんど出ることなく生涯を終え、生前は詩もわずかしか出版されなかったディキンソンであるが（出版された数点も、独特の表記法は無視され、標準化された形に書き直されていた）、死後になってノートやありあわせの紙切れに書き残された詩が多数発見され、これが何度か刊行されてそのたびに作品の数も増え、表記も著者の書き方にいっそう忠実になっていった。特に、トマス・H・ジョンソンの編纂した一九五五年刊の完全版は、その後さらに精緻な版が出たものの歴史的意義は依然としてきわめて大きい。

さて、この選集に関してはじめに「編訳者が長年愛読し、かつほとんどの場合は世に名作の誉れ高い作品ばかりを集めた」と書いたが、実はここに訳出したディキンソン作品については当てはまらない。これはもっぱら、世に最重要といわれるディキンソン作品を適切に訳すすべを編訳者が見出していない――要するに、それらの作品を訳詩として成立させる自信がまだない――ことに起因する。言い換えれば、ここで訳したのは、もちろん個人的な愛着はあるが、かつ何とか翻訳者として「手に負える」ように思える作品だということになる。ディキンソン作品の翻訳に関しては、まだまだ発展途上であることを（まあそれをいえば、すべての作家のすべての作品についてそうなのだが……）白状しなければならない。個人的な愛情も十分感じられ、かつディキンソン最良の作品を正面から取り上げている訳業として、亀井俊介編訳『対訳ディキンソン詩集』（岩波文庫）を挙げておく。

マーク・トウェイン（一八三五―一九一〇）

かつて英文科の教師だったころ、「アメリカ文学史」なる冷や汗ものの授業をやり、十九世紀の作家を順次取り上げ、長篇は抜粋・解説で済ませつつ学生とともに短篇を読んでいったのだが、一番困ったというか参ったというか、何とも面白かったのが、十九世紀もなかばを過ぎ南北戦争も終わって、話がマーク・トウェインに達した時点だった。何しろそれまでは、ホーソーン、ポー、メルヴィルらの、世界に意味はあるのか、神は存在するのか、「私」とは何か……といったいかにも大きな問題と向きあった作品が並んでいたのに、トウェインに来ていきなり、鉛の弾を呑まされて跳べなくなった蛙の話が出てくるのだ。いったいここにどんな深遠な意味があるのか、学生はハタと考え込んでしまう。南北戦争を境に北部資本主義社会が全米に浸透しはじめて、アメリカは一気に精神性を失ってしまったのか？

もちろん、こういういわば「馬鹿ばなし」ではなく、もっとあとになって書かれた『ハックルベリー・フィンの冒険』や『阿呆のウィルソン』のような作品に目を向ければ、たとえばアメリカにおいてきわめて重大な問題である人種問題などが前面に出てきているし、自己とは何かという問いに関しても読みどころ満載なのだが、個人的には、こうしたトウェイン初期の馬鹿っぽい話にみなぎる大らかさ、解放感のようなものにも大きな意味があると思う。ちょっと聴いたところごく単純でスカスカなのだが、よく聴いてみると細部まで実に行き届いた音を出しているロック・バンドのような爽快感がここにはある。

もう少し文学史の授業っぽい言い方をすると、マーク・トウェインをはじめとする、南北戦争前後に登場した新しい作家たちは、それまでの、内容的にはともかく文体的にはいまだイギリス文学の影響下にあった、東部の知的階級の所有物であった文章からアメリカ文学を解放し、地方の言葉、庶民の言葉を大胆に取り入れ、文学を東部インテリの専有物から中西部、南部、西部の人々のものへと拡げていった。そうした流れのなかで、南北戦争終結直後の一八六五年十一月にニューヨークの新聞に発表され、大好評を博し全米の新聞雑誌に再録されてマーク・トウェインの名を一躍広めたこの「ジム・スマイリーと彼の跳び蛙」は、きわめて重要な一里塚を成す作品である……と言ってもいまひとつ納得しない学生も多かったのだが。

ヘンリー・ジェームズ（一八四三―一九一六）

マーク・トウェインはアメリカ的、口語的な語り口を小説に持ち込み、その後の小説の書き方に大きな影響を与えたが、ヘンリー・ジェームズは一人の人間に世界がどう見えているかを緻密に描いたその心理描写の精緻さによってやはりその後の小説作法に大きな影響を与えた。特に後期の長篇小説は、夏目漱石を閉口させたほどの緻密さで書かれていて、当編訳者程度の語学力・知能ではとうてい歯が立たない。

もっとも、初期の作品はこの限りではなく、特にはじめのころの怪奇短篇小説などはほとんどチャチと言いたくなる内容だったりもするのだが、一八八〇年代あたりから中身も文章もどんどん精緻になっていき、一八九八年発表の心理怪奇小説の傑作中篇「ねじのひとひねり」(「ねじの回転」の邦題もあり)以降は一篇一篇、翻訳でそのよさを伝えるのはほとんど不可能ではないかと思える濃さに達する。今回訳した「本物」は、そのように敷居が高くなる直前の、実質も十分にあるが文章もまだそこまで難解でない、かつストーリーも素晴らしい、いわばきわめて高レベルの「過渡期」の作品である。これを訳したことを足がかりに、「ねじのひとひねり」をいつの日か訳せたらと願っている。

ジェームズはきわめて裕福な家に生まれ、父ヘンリー・シニアは神学者、兄ウィリアムは有名な哲学者、妹アリスも兄二人の名声に埋もれていたもののすぐれた日記を残している。ヘンリーは一八七〇年代なかばからロンドンに移り住み、亡くなる少し前にイギリス国籍を取得した。アメリカ人作家と呼んでよいのか、迷うところもあるが、ヨーロッパ(の経験)とアメリカ(の無垢)といったテーマをたびたび取り上げており、その意味ではやはりアメリカの作家と言えると思う。

O・ヘンリー（一八六二―一九一〇）

本書に収められた作家たちのうちで、歴史上おそらく一番読者が多いのはこのO・ヘンリーではないかと思う。そして文学史上の評価がおそらくもっとも低いのもこの人である。

この人に関する当編訳者の思いは複雑である。一方で、あんな小説は浅薄だ、と言われると、いやここにはいわゆる純文学とは違った独自の切実さ、切なさがあるではないかと弁護したくなるし、たとえばメルヴィルなどを読まされた学生から「もっと心温まる、O・ヘンリーのような小説が読みたい」と言われると、何言ってたんだあんなの文学じゃないぞと言い返したくなる。この「賢者の贈り物」をじっくり訳してみても、ここはちょっと雑じゃないかとか、この比喩は無用に紋切り型によりかかっていないか、などと気になるところもあるのだが、都会の片隅で生きる名もなく貧しい夫婦（そう、この人を語ろうと思うとどうしたって紋切り型に頼ってしまうのだ）をめぐる物語の、すべてがあらかじめセピア色に染まっているようなタッチは、個人的には決して嫌いではない。こういう出来合いのノスタルジアこそ諸悪の根源だという声もあることは承知しているのだが……。

ジャック・ロンドン（一八七六―一九一六）

ジャック・ロンドンは「一日千語」のノルマを自分に課して執筆活動に携わった（千語は日本語に訳せばおおよそ二五〇〇字）。そうでもなければ、わずか四十年の生涯において、全米を放浪しアラスカに赴き日露戦争も取材しハワイにも行きながら何十冊もの著書を出せるわけがない。ロンドンが生きたのは、雑誌がさらに大衆化し、短篇小説の読者層もいっそう広がった時代であった。彼は多くの読者のために書き、多くの読者に読まれた。そして、すべてが粒よりの名作とは言えないにしても、勢いに乗って書かれたいくつかの作品は本当に素晴らしい。なかでもこの「火を熾す」は傑作中の傑作である。

ロンドンの作品において、人は自然を相手に戦い、死を相手に戦う。当然、最終的には負けに終わるのが人間の運命だが、奇跡的に勝つ作品にもそれなりの説得力を与えているところがすごい。寒さと戦うこの「火を熾す」は一九〇八年刊だが、その前の一九〇二年、この戦いの勝ち負けがまったく逆になったバージョンをロンドンは書いている。これは雑誌『Coyote』34号（二〇〇八年十二月刊）に訳出したので、この二バージョン、どちらがより説得力があるか、興味ある方はご覧いただければと思う。

以上、一八三〇年代から一九〇〇年代までの短篇小説七本と詩六篇から、アメリカ古典文学の途方もない豊かさを味わっていただければ嬉しい。いままでいろんなアンソロジーを作ってきたが、ここまで直球の選び方は初めてだし、一生に一度しかできないことであり、刊行できても嬉しい。引きつづき、準古典篇（フォークナー、フィッツジェラルド、ヘミングウェイ、オコナー……）、現代篇（カーヴァー、ミルハウザー、ダイベック、ケリー・リンク……）もなるべく早く刊行したいと思っている。

編集には郷雅之さんにお世話になった。この場を借りてお礼を申し上げる。

初出一覧

＊単行本化にあたって、加筆・訂正しています

ウェイクフィールド　N・ホーソーン／E・ベルティ『ウェイクフィールド／ウェイクフィールドの妻』、新潮社、二〇〇四年

モルグ街の殺人　訳し下ろし

書写人バートルビー――ウォール街の物語　*monkey business* 1、ヴィレッジブックス、二〇〇八年

詩「蜂と‐〜」訳し下ろし

「わたしは誰でもない！〜」柴田元幸『アメリカ文学のレッスン』、講談社、二〇〇〇年

「最初の日ももう〜」*monkey business* 14、ヴィレッジブックス、二〇一一年

「光が追いやられると‐〜」*switch* Vol. 29, No. 05、スイッチ・パブリッシング、二〇一一年

「『時は癒す』〜」*monkey business* 14、ヴィレッジブックス、二〇一一年

「死ぬまでに得る〜」*monkey business* 14、ヴィレッジブックス、二〇一一年

ジム・スマイリーと彼の跳び蛙　*monkey business* 10、ヴィレッジブックス、二〇一〇年

本物　訳し下ろし

賢者の贈り物　*monkey business* 7、ヴィレッジブックス、二〇〇九年

火を熾す　*Coyote* 16、スイッチ・パブリッシング、二〇〇七年、のちジャック・ロンドン『火を熾す』に収録、スイッチ・パブリッシング、二〇〇八年

柴田元幸〔Shibata Motoyuki〕
1954年、東京に生まれる。東京大学教授、翻訳家。著書に『アメリカン・ナルシス』『翻訳教室』『ケンブリッジ・サーカス』など。訳書にオースター『幽霊たち』、ダイベック『シカゴ育ち』、ミルハウザー『ナイフ投げ師』、ラファージ『失踪者たちの画家』など多数。2013年秋、文芸誌「Monkey」をスタートさせる。

柴田元幸翻訳叢書

アメリカン・マスターピース　古典篇

2013年10月19日　第1刷発行
2017年10月28日　第2刷発行

著　者
ナサニエル・ホーソーン他

編訳者
柴田元幸

発行者
新井敏記

発行所
株式会社スイッチ・パブリッシング
〒106-0031　東京都港区西麻布2-21-28
電話　03-5485-2100（代表）
http://www.switch-store.net

印刷・製本
株式会社精興社

ISBN978-4-88418-433-9　C0097　Printed in Japan

柴田元幸翻訳叢書 第1弾

SWITCH LIBRARY

火を熾《おこ》す

ジャック・ロンドン

訳 柴田元幸

『白い牙』『野生の呼び声』の著者として名高いロンドンは、短篇小説の名手でもある。極寒の荒野での人と狼のサバイバル「生への執着」、マウイに伝わる民話をモチーフにした「水の子」、単行本化のための訳し下ろし「世界が若かったとき」など、小説の面白さが存分に味わえる全九篇

定価：本体二一〇〇円（別途消費税）

柴田元幸翻訳叢書 第３弾

SWITCH LIBRARY

こころ朗《ほが》らなれ、誰もみな

アーネスト・ヘミングウェイ

柴田元幸 訳

ヘミングウェイの決定版十九篇。『清潔な、明かりの心地よい場所』『殺し屋たち』『君は絶対こうならない』『死者の博物誌』……誰よりもシンプルな言葉で、誰よりも深い世界を描く。柴田元幸の新訳で贈る、まったく新しいヘミングウェイの短篇集

定価：本体二四〇〇円（別途消費税）